劉 慈欣

りゅう・じきん／リウ・ツーシン

白亜紀往事

OF ANTS
AND DINOSAURS
CIXIN LIU

［訳］
大森 望
古市雅子

早川書房

白亜紀往事

OF ANTS AND DINOSAURS

by

Cixin Liu

Translated by
Nozomi Ohmori and Masako Furuichi
Japanese translation rights authorized by
FT Culture (Beijing) Co., Ltd.
Originally published in 2010 as 白垩纪往事
Co-published by Chongqing Publishing House Co., Ltd.
First published 2023 in Japan by
Hayakawa Publishing, Inc.
This book is published in Japan by
arrangement with
FT Culture (Beijing) Co., Ltd.
through Tuttle-Mori Agency, Inc., Tokyo.

经典中国国际出版工程
China Classics International

目次

主要キャラクター一覧

〈蟻帝国建国以前〉
ダバ……………………探検家。最初に名前が記録された蟻
アーウェイ………………医師。医療チームのリーダー

〈恐竜帝国建国以前〉
ラリガ……………………もっとも早く名前が知られた恐竜の一頭
クンダ……………………文字工

■第一次竜蟻戦争
〈恐竜帝国〉
ウルス……………………皇帝
イスタ……………………陸軍少将

〈蟻帝国〉
ラシーニ…………………女王
ラシーニ二世……………女王
ドリラ……………………帝国軍元帥

■第二次竜蟻戦争
〈恐竜国家〉
○ゴンドワナ帝国
ダダス……………………皇帝
ババト……………………内務大臣
ロロガ元帥………………防衛大臣
ニニカン博士……………科学大臣
ヴィヴィック医師………厚生大臣
○ローラシア共和国
ドドミ……………………総統

〈蟻連邦〉
カチカ……………………最高執政官
ビルビ……………………元老院議員
ジョーヤ…………………首席科学者
ローリエ…………………元帥。防衛大臣兼連邦軍総司令官

プロローグ

地球の歴史全体を一日とするなら、一時間は二億年、一分は三百三十万年、一秒は五万五千年に相当する。

生命が誕生したのは午前八時か九時ごろ。人類文明は一日の最後の一秒の、最後の十分の一秒になってようやく出現した。古代ギリシャの神殿の前で哲学者たちが最初の議論を交わしたとき、奴隷がピラミッドの最初の石を積んだとき、あばらやの蠟燭のもとで孔子が最初の弟子をとったとき——それらの時点から、あなたがきょう、この本の一ページめを開くまでに流れた歳月は、時計の秒針がカチリとひと刻み進むのに要する時間の十分の一に過ぎない。

では、この十分の一秒に至るまでの十数時間、地球の生命はなにをしていただろう？走ったり泳いだり、交配して繁殖したり、いびきをかいて眠ったりしていただけだろうか？　数十億年の歳月、その脳はかたくなに無知な状態を保ちつづけていたのだろうか？　進化という大樹の無数の枝の上で、知性という光を発しているのはわたしたちだけだろうか？　そんなはずはない。けれど、知性の萌芽が壮大な文明に成長するのは容易なことではない。それには多くの条件が満たされなければならない。数万年に一度あるかどうかの偶然だ。生まれたばかりの知性は、荒野に現れた小さな炎のように、かすかな風が吹くだけですぐに息絶える。まわりの草に燃え広がったとしても、その小さな炎は、せまい空き地か小さな水の流れに阻まれて、たちまちなんの痕跡もなく消えてしまう。もし、炎が大きな野火になったとしても、大雨が降ればたいていは消し止められる。小さな炎が平原を焼きつくすほどの大火となる確率はとても小さい。悠々と流れる生命の歴史にはじめて芽生えた知性は、いにしえの長い夜に、蛍の光のごとくゆっくり瞬いていた。

＊＊＊

地球の一日の二十三時四十分ごろ、人類の出現よりも二十分ほど早いその時刻、地球に二つの知性の火が現れた。

この二十分は短くはない。六千万年以上に相当する。想像もできないほどはるか遠い過去だ。それから数千万年経たないと人類の先祖は登場しない。この時代、人類はまだ影もかたちもなく、大陸のありようもいまとは大きく異なっていた。地質年代で言えば、白亜紀末期にあたる。

当時、地球には恐竜という巨大生物が生息していた。恐竜には多くの種類がある。ほとんどはとてつもなく大きかった。もっとも重いもので八十トン、人間で言えば八百人分にもなる。もっとも高いものでは三十メートル、四階建てのビルより高い。彼らは一億年以上前に誕生し、この時点で、すでに七千万年にわたって地球上で生きてきた。

人類が地球に誕生してからまだ数十万年しか経っていないことを思えば、七千万年はおそろしく長い。その長い時間、もし雨粒がずっと同じ場所に落ちつづけていたら、地球の裏側まで貫通する穴が空いていただろう。その長い時間、もし風がずっと同じ山に吹きつけていたら、山は平地になっていたかもしれない。その長い時間、もしある生物種がたえず進化をつづけていたら、どんなに愚かな生命であっても、きっと知性を獲得していただろう。かくして、恐竜はついに知性を得た。大木を一本ずつ引き抜き、枝葉を落として幹だけにすると、蔓植物を使って、幹のいちばん上に大きな石をくくりつけた。もしそれが丸い石だったり四角い石だったりしたら、それは巨大な石槌《いしづち》になる（この槌は、一発で車一台をぺしゃんこにできる）。もしそれが平べったい石だったら、それは巨大な鍬《くわ》になる。尖った石なら巨大な槍だ！　槍をつくるときは、上の枝葉をすこしだけ残し、この大きな槍を投げるときに空中で姿勢をまっすぐに保つ尾翼のかわりにした。槍は十メートル以上あり、爆発しないミサイルのように宙を飛んだ。

　恐竜たちは部族をつくり、自分たちで掘った巨大な洞窟に住んでいた。火を使うことを学び、落雷が残した火種を保存して、巨大な洞窟の明かりにしたり、食べものを焼いたりした。洞窟では、わたしたちが、四人がかりでやっと囲めるような太い木の幹が蠟燭がわりになり、恐竜は焼け焦げた木片で、洞窟の壁に文字まで書きつけた。きのう卵をいくつ産んだとか、きょう卵がいくつ孵って小さな恐竜が何匹生まれたとか、ごく簡単な内容だったが、しかし重要なのは、彼らが初歩的な言語を有していたという事実だ。彼らの会話は、列車が汽笛を鳴らし合っているように聞こえた。

＊＊＊

　同じころ、地球ではもう一種類の生物に知性の兆しが現れた。蟻だ。恐竜と同じように、蟻も長い進化を経てきた。それぞれの大陸で、蟻は自分たちの都市を形成した。その都市は、林立する蟻塚だったり、入り組んだ地下迷宮だったりと、種々さまざまだった。蟻社会の規模は恐竜社会よりも大きく、数億匹の蟻からなる王国も数多くあり、複雑で緻密な構造を持つその巨大な社会は、機械のように正確なリズムで動いていた。蟻はにおい物質で交流し、その複雑で繊細なにおいの分子は複雑な情報を伝えることができたため、恐竜よりも複雑な言語を持っていた。

＊＊＊

知性の曙光は地球上の二種類の生物――巨大な生きものと、微小な生きもの――に現れたが、どちらの種属にもそれぞれ致命的な欠陥があり、文明を築くまでの道のりに立ちはだかる、越えられない壁となっていた。

恐竜の最大の欠陥は、器用な前肢を持たないことだった。彼らの肢は太く不器用で、戦うときには無限の威力を発揮する（たとえばディノニクスという恐竜の前肢は軍刀のように鋭利で、敵の恐竜の下腹を切り裂くために使われた）。原始的な工具をつくることは可能だが、細かい作業ができないから高度な工具をつくったり複雑な文字を書いたりするのは不可能だった。器用な手は、文明を築くために必要不可欠な条件だった。自由自在に操れる手があってはじめて、頭脳の発展と生存活動とのあいだに好循環を生み出すことができる。

蟻は、恐竜とは反対に、きわめて細かい作業が可能だったため、地上や地下に高度な都市を建設することができたが、彼らの思考には豊かな創造性が欠けていた。蟻が集まると正確無比な集団的知性が生じるが、その知性は融通がきかないコンピュータ・プログラムのようだった。蟻の集団は、長い時間をかけて形成されたこのプログラムのもとで正確な仕事をこなし、複雑な城を築いた。蟻の社会は巨大な精密機器であり、すべての蟻はその機械における交換可能な部品でしかない。機械を離れて単独の個体になると、その部品は単純で貧しい思考力しか持たない。これが蟻の欠陥だった。文明が必要とする創造的な思考は、ニュートンなり、アインシュタインなり、とりかえのきかない特別な個体によってなされる必要があるからだ。一億の平凡な人間が必死に知恵を絞ってもニュートン力学や相対性理論を生み出せないのと同様、集団的知性の単純な集積は、思想を昇華させることはできない。だから、蟻の初歩的な思考では文明の創造に不可欠な文化や科学を生み出すことはできない。

したがって、ふつうなら、恐竜の社会も蟻の社会も高度な文明へと発展することはなかっただろう。この二種類の生きものに灯ったばかりの知性の火は、彼らの前やあとに生まれた無数の生物の場合と同じく、地球の歴史の長い夜につかのま瞬いた二つの蛍の光のように、時の流れの中でゆっくりと消えていったはずだった。

しかしそのとき、ある事件が起きた。

1　最初の出会い

それは白亜紀の終わり頃の、ふつうの日だった。どの日だったか特定するのは不可能だが、とにかくふつうの日だったのはまちがいない。地球はおだやかな一日を過ごしていた。

その日の世界のかたちを見てみよう。当時、それぞれの大陸は、かたちも位置も現在とは大きく異なっていた。南極大陸とオーストラリアはひとつにつながり、いまよりもっと大きい大陸だった。インドはテチス海に浮かぶただの大きな島で、ヨーロッパとアジアはそれぞれ独立した二つの陸地だった。

恐竜文明は、大きく分けて二つの大陸に分布していた。ひとつはゴンドワナ大陸。数億年前までは地球でただひとつの完全な大陸だったが、その後いくつかに分裂し、大きく面積を減らした。しかし、この時点ではまだ、現在のアフリカ大陸と南アメリカ大陸を合わせたくらいの大きさがあった。もうひとつはローラシア大陸。ゴンドワナ大陸と分かれてできた大陸で、その後、現在の北アメリカ大陸になった。

その日、すべての大陸のあらゆる生命が、生き延びるために奮闘していた。なにもかも不分明なこの世界で、彼らは自分がどこから来たのか知らず、どこへ行くかにも関心がなかった。白亜紀の太陽が真上に昇り、蘇鉄《そてつ》の大きな葉が地上に映す影がもっとも小さくなったときも、きょうの昼食をどこで見つけるかだけを考えていた。

ゴンドワナ大陸の真ん中あたり、大きな蘇鉄の森の中にある陽あたりのいい空き地で、一頭のティラノサウルス・レックスが昼食を見つけた。その日の昼食は、大きく太ったオオトカゲだった。ティラノサウルス・レックスは、必死にもがくトカゲを二本の大きな前肢で二つに裂き、尻尾《しっぽ》があるほうを口に入れて、うまそうに咀嚼《そしゃく》した。彼はこの世界と自分の生活に満足していた。

そのティラノサウルスの左足から一メートルほどのところに、蟻が住む小さな町があり、千匹以上の蟻が暮らしていた。ティラノサウルスが空き地でトカゲを捕まえたので、町には大きな地震が起きたが、町の大部分は地下にあったため、恐竜に踏まれて破壊されることはなかった。町の住民は地表に飛び出してきて、空を見上げた。蟻の目には、雲を衝く巨大な山のようなティラノサウルスが空のほとんどを占め、陽射しをさえぎってあたりを暗くしたように見えた。

ティラノサウルスが巨大な前肢でトカゲの体のもう半分を大きな口に運ぶと、恐竜の咀咀嚼音が雷のように空から轟《とどろ》いた。いつもなら、この雷鳴とともに、恐竜が食べこぼした骨や肉の雨が降り、ごく少量でも、蟻の町の全住民のその日の昼食がまかなえた。しかし、このティラノサウルスは口をしっかり閉じたままで、空からなにも落ちてこない。ティラノサウルスは食事を終えると、うしろに二歩さがり、満ち足りたように木陰に横たわって昼寝をはじめた。蟻たちにとっては、高い山が崩れて、彼方まで広がる巨大な山脈になったかのようだった。大地が激しく揺れ、まばゆい陽の光がふたたび平原を照らした。蟻は次々に首を振り、ため息をついた。今年は乾季が長く、食糧事情はますますきびしくなっている。彼らはもう二日間、なにも食べていなかった。

意気消沈した蟻たちがすごすごと町の入口に戻りはじめたとき、また地震が起きた。ふりかえると、あの山脈が大地の上でごろごろ寝返りを打っていた。やがてティラノサウルスは巨大な前肢を口の中につっこみ、歯のあいだを一心にほじくりはじめた。蟻たちは、恐竜が眠れずにいる理由をそくざに理解した。歯のあいだにトカゲの肉がはさまっているせいだ。

そのとき、蟻の町長がすばらしいアイデアを思いついた。一本の小さな草のてっぺんに登ると、町長は下にいる蟻の群れに向かってにおい言語を発した。においが届くところにいた蟻たちは、町長の意図を理解し、においを放って情報を拡散した。蟻の群れの触角が揺れ動き、興奮の波が広がった。やがて、町長率いる蟻の群れはティラノサウルスに向かって行進しはじめ、いくすじもの黒い小川が地面に現れた。そもそもその山脈は、蟻にとってては空の果てほど離れた場所にあった。すぐそこに見えている山に向かって歩きつづけてもなかなかたどりつかないのと同様、近そうに見えてずいぶん遠い。しかしそのとき、ティラノサウルスがいらいらしたように寝返りを打ち、たまたまその方向が蟻たちのほうを向いていたおかげで、蟻たちとティラノサウルスの距離は一気に縮まった。恐竜の巨大な前肢が空高く上がったかと思うと、天地を切り裂くような巨大な音とともに、町長の前方、そう遠くないところに落ちてきたのである。その衝撃による震動で蟻の隊列は地面から高く飛び上がり、巨大な前肢が巻き上げた砂埃が原子爆弾のキノコ雲のごとく前方に立ち昇った。

砂埃が収まるのを待たず、蟻たちは町長のあとについて恐竜の巨大な前肢にとりつき、列をつくって登攀《とうはん》を開始した。恐竜のてのひらはでこぼこの崖となって地面と垂直にそそり立っている。しかし、クライミングに慣れている蟻にとっては、どうということはない。すぐに崖のてっぺんに到達すると、今度は恐竜の前腕を登りはじめた。蟻にとって、ざらざらした恐竜の前肢は、縦横に谷が走る高原のようだった。蟻の隊列はその谷間を抜け、最終目標であるティラノサウルスの口の中をめざして、二の腕へと向かっていた。

と、そのとき、ティラノサウルスが歯の隙間をほじくろうと、巨大な前肢を持ち上げた。前腕を進軍中だった蟻たちは、大地が傾き体が浮き上がるのを感じ、放り出されないように地面にしがみついた。ティラノサウルスの大きな頭が空の半分を覆い隠し、そのゆっくりした呼吸は吹きつける天風のように感じられた。空から巨大な目に見下ろされて、蟻たちは恐怖に震えあがった。

ティラノサウルスは前肢を登ってくる蟻の群れに気づき、反対の前肢で払い落とそうとした。持ち上げられた前肢が黒雲のように正午の太陽をさえぎり、蟻の群れがいる前肢の平原はたちまち暗くなった。蟻たちは空中のもう一方の巨大な前肢を見上げて恐れおののき、あわてて触角を動かした。町長が前肢を上げて恐竜の口を指すと、ほかの蟻も町長にならって恐竜の口を指し示した。恐竜はしばらくぽかんとしていたが、やがて蟻の意図を理解したらしい。恐竜は、どうしたものか迷っているようにのろのろと、上げた前肢を地面に下ろした。蟻たちのいる平原にはふたたび太陽が現れた。ティラノサウルスは口を大きく開け、前肢の指一本を歯に押しつけて、平原と歯をつなぐ架け橋をつくった。蟻たちはしばらく躊躇《ちゅうちょ》していたが、町長が最初に恐竜の指に向かって歩き出し、群れはそれにしたがった。

蟻の群れはほどなく指の先端にたどりついた。なめらかな円錐《えんすい》形の指先にたち、彼らは畏敬《いけい》の念をもって恐竜の口の中を眺めた。そこはまるで、雷雨が来る前の闇夜の世界のようだった。血なまぐさい湿った強風が奥から吹きつけ、底知れぬ暗闇からゴロゴロと雷鳴が轟く。蟻の目はすぐに暗闇に慣れ、もっと奥のほうに、さらに暗くて広い場所があるのをおぼろげに見分けた。その場所の境界は、たえずかたちを変えている。しばらく経ってから、ようやくそれが恐竜の喉笛《のどぶえ》だとわかった。ゴロゴロという雷鳴はそこから聞こえてくる。その雷鳴は、巨大な黒い穴の奥に潜む、とてつもなく大きな胃が蠕動《ぜんどう》する音だった。

蟻たちは恐怖に視線をそらしたまま、ティラノサウルスの指先から次々に歯へとよじのぼり、白くなめらかな絶壁の向こう側に降り立った。大きな歯の隙間に陣どった蟻たちは、力強いあごを使って、そこにはさまっているピンク色のトカゲ肉にかじりついた。夢中でかじりながらも、蟻はときどき、天を衝くように両側にそびえる巨大な歯を見上げた。その二つの歯のはるか上には、ティラノサウルスの上顎の歯が見える。それらの歯は、斜めに射し込む陽の光を反射してきらきら光り、いまにも落ちてきそうだった。

この時点ではもう、ティラノサウルスは指を上の歯に押し当てていた。次々に恐竜の前肢を登ってきた蟻たちは、上の歯の隙間に入って肉を食らいはじめた。ティラノサウルスの上の歯と下の歯で、鏡に映したように同じ光景がくりひろげられている。十数箇所におよぶ恐竜の歯の隙間で、千匹以上の蟻がせわしなく働いていた。ほどなく、歯の隙間にはさまっていたトカゲ肉はきれいに消え失《う》せた。

歯の不快感がなくなったことは感じていたものの、恐竜はまだ感謝を伝えられるほど進化していなかったので、ただ心地よさそうなため息をついただけだった。束の間、上下の歯のあいだを台風が吹き抜け、すべての蟻たちを吹き飛ばし、彼らは黒い塵《ちり》のように空中を舞った。もっとも、蟻たちは体がとても軽いため、ティラノサウルスから一メートルほど離れた場所になんのダメージもなく降り立った。たらふく食べた蟻たちは満足して町の入口に戻り、歯の不快感が消えたティラノサウルスは、また寝返りを打って涼しい木陰に戻ると、気持ちよく眠りについた。

＊＊＊

以上が、事件の顚末である。

地球は静かに自転していた。太陽は音もなく西に移動し、蘇鉄の影はすこしずつ長く伸びていった。森の蝶《ちょう》や虫は静かに飛び、彼方《かなた》では古代の海がゴンドワナ大陸の海岸に波しぶきを打ち寄せていた……。

この静かなひととき、地球の歴史がべつの方向に逸《そ》れたことに気づく者はだれもいなかった。

2　文明のあけぼの

　事件が起きてから二日が経った。あの日と同じような暑い昼、蟻の町の住民はふたたび地面の大きな揺れを感じた。地表に出てみると、世界を背負うように堂々と立つティラノサウルスの姿が見えた。あのティラノサウルスだと蟻たちはすぐに気づいた。ティラノサウルスはしゃがみこんでなにか探しているようだったが、蟻の群れを見つけると、大きな前肢を持ち上げ、大きく開けた口の中から見える巨大な歯を指した。蟻はすぐに恐竜の意図を理解し、千を超える住民たちが興奮して一斉に触角を動かした。ティラノサウルスは、蟻が登ってこられるように、前肢を地面にぺたんと押しつけた。こうして、二日前と同じことがくりかえされた。蟻の群れは恐竜の歯の隙間に詰まった肉を食らい、ふたたび腹いっぱいになって満足し、恐竜もまた、小さな不快感を解消した。

　それから、そのティラノサウルスはしょっちゅうこの蟻の町を訪れ、歯の隙間の肉をとりのぞいてもらうようになった。蟻は、千メートル以上離れていても恐竜の足音に気づくようになっただけではなく、他の恐竜の足音と正確に区別できるようになった。蟻はこのティラノサウルスがどっちのほうに進んでいるのか足音で判断できるようになり、町に向かっているのがわかると、喜び勇んで地表に出てきた。これできょうは食事に困ることはない。巨大な生物と微小な生物の協力関係はすこしずつ進歩し、息が合うようになっていった。

ある日、町の蟻たちは地表から聞こえる足音に気づいたが、その音はこれまでとは違っていた。なじみのない震動の中に聞き慣れた足音が混ざっている。蟻が地表に出てみると、いつものパートナーが、新たに三頭のティラノサウルスと一頭のタルボサウルスをしたがえていた。彼らはそれぞれ前肢で自分の歯を指し、蟻に手伝いを頼んだ。町長は自分たちだけでは数が足りないと判断し、近くにある他の町の蟻に連絡するよう、すぐさま羽蟻を使いに出した。するとたちまち、無数の蟻から成る細い流れが三本、林の中から延びてきて、やがて六千匹以上の蟻が空き地に集結した。歯の掃除には、恐竜一頭につき千匹以上の蟻が必要になる。あるいは、恐竜一頭の歯の隙間に詰まった肉は、千匹以上の蟻を満腹にすることができると言ってもいい。

翌日、歯の隙間を掃除してもらいにくる恐竜は八頭になった。それ以降の数日で、その数は十数頭にまで増えた。ほとんどは大型の肉食恐竜、おもにティラノサウルスとタルボサウルスだ。恐竜たちはまわりの蘇鉄を踏み荒らし、空き地の面積を大幅に増やしたが、それと同時に、近くにある十以上の蟻の町の食料問題を解決した。

しかし、地球上のこの二大生物の協力基盤は脆弱だった。まず、恐竜にとって、獲物が捕まらないときの飢えや、飲み水が見つからないときの渇き、恐竜同士や他の生物との闘いによる負傷、命に関わるさまざまな病気などの苦しみにくらべたら、肉が歯のあいだにはさまるなどというのは、ごくごく些細な問題である。蟻に歯の掃除をしてもらいにくる恐竜は、好奇心にかられて興味本位でやってくる者がほとんどだった。蟻にとっても、乾季が終わり、周囲の食料が豊富になってくると、こういう変わったやりかたで食べものを調達する必要はなくなった。地獄の門のような恐竜の口にわざわざ出かけて恐怖の宴に参加することは、ほとんどの蟻にとって楽しい経験ではなかった。

そんなとき、一頭の虫歯のタルボサウルスが現われ、恐竜と蟻の協力関係は、それによって大きな一歩を踏み出すことになった。

ある日の午後、九頭の恐竜が歯にはさまった肉を掃除してもらうために蟻のところにやってきた。しかし、そのうちの一頭のタルボサウルスは、歯の隙間がすっかりきれいになっても、まだいらいらと不快げなようすだった。前肢を高く上げたまま、仕事が終わった蟻たちを帰そうとしない。同時に、べつの爪でしきりに歯を指している。蟻を率いていた町長は数十匹の蟻を連れてふたたび恐竜の口の中に戻り、巨大な歯列のあいだをくまなく調べた。するとほどなく、なめらかな歯の壁に、いくつか穴が空いていることに気づいた。どの穴も、蟻が二、三匹並んで入れるくらいの大きさだった。町長がまず穴の中に入り、数匹の蟻がそのあとにつづいた。壁を子細に調べると、恐竜の歯はとても硬くできているようだった。これほど硬い材質にこんなトンネルを掘るとは、蟻と同じような穴掘りの名手の仕業であることは明らかだった。

蟻たちが触角を頼りに暗いトンネルの中を進んでいくと、とつぜん蟻の二倍はありそうな大きな黒い虫が横穴から飛び出てきた。黒い虫は鋭く大きな顎を持ち、町長の頭をガブッと嚙みちぎってしまった。同時に、どこにいたのか、同じ黒い虫がたくさん飛び出てきて、トンネルの中にいた蟻の隊列をいくつかに分断し、すさまじい攻撃を仕掛けてきた。防ぐ間もなく、たちまち蟻の大半が殺された。生き残った蟻たちは必死に黒い虫の包囲を突破したが、迷宮のようなトンネルの奥で道に迷い、穴から生きて出てこられたのはたった五匹だけだった。しかし、そのうちの一匹は、町長の頭を携えていた。蟻の頭は、体と切り離されても、長い時間、生命と知覚を保つことができる。この五匹が町長の頭を持って恐竜の口から脱出したあと、町長は、その命が尽きる前に、恐竜の前肢に留まっていた千匹以上の蟻に状況を説明し、命令を発した。

しばらくすると、二百匹の蟻からなる小さな軍隊が恐竜の口に進入し、まず町長が進入した歯のトンネルにいる敵を掃討しようとした。蟻は戦い慣れていたものの、黒い虫は体がずっと大きく、加えてトンネルの構造を熟知していたため、兵蟻の侵攻を首尾よく阻止した。兵蟻は十数匹が死に、穴の外まで退却を余儀なくされた。手の打ちようがなくなったとき、べつの町の応援部隊が駆けつけた。それはべつの種類の兵蟻で、体は小さいものの、凄まじい威力の蟻酸《ぎさん》で敵を攻撃することができた。この兵蟻は穴に入ると、敏速に向きを変え、尻を敵のほうに向け、狙いを定めて蟻酸のしずくを噴射した。蟻酸が命中した黒い虫は全身から青い煙を出し、一瞬で黒焦げになった。さらにまたべつの応援部隊も駆けつけた。やはり体の小さい兵蟻だったが、彼らの顎には猛毒があり、黒い虫はほんのすこし噛まれただけで、痙攣《けいれん》してお陀仏となった。

全面的な戦闘が展開された。タルボサウルスの大きな口の中で、蟻の軍隊は歯を一本ずつチェックし、歯の表面の、虫にやられたすべての穴から蟻酸の青い煙を出した。働き蟻の部隊が黒い虫の死骸を口から次々と運び出し、恐竜の大きなてのひらに敷かれた一枚の葉の上に置いていった。しばらくすると、葉は死んだ黒い虫でいっぱいになった。蟻酸で焦げた死体からはまだ青い煙が出ている。いっしょに来た八頭の恐竜は、そのタルボサウルスをとり囲み、一部始終を驚きの目で見守っていた。三十分後、戦闘は終わり、歯の中にいた黒い虫は一掃された。タルボサウルスの口の中は蟻酸のいやな味でいっぱいになったが、これまでの生涯でほとんどの年月ずっと悩みのタネだった歯の病気は完治していた。タルボサウルスは興奮して大声で叫び、この奇跡をその場にいたすべての恐竜に伝えた。

ニュースはすぐに森じゅうに広がり、蟻を訪ねてくる恐竜が一気に増えた。一部は歯にはさまった肉をとってもらうためだったが、大部分は虫歯の治療のためだった。肉食だろうと草食だろうと、恐竜にとって虫歯はありふれた疾患だったからだ。集まってくる恐竜は多いときで数百頭にもなり、それに応じて、治療に来る蟻の数も急激に増加した。恐竜と違って、蟻はふつう、この空き地に来ると、二度と離れることはなかった。そこは次第に発展して、蟻個体数が百万を超える大都市となり、〈歯城〉と名づけられ、地球ではじめて蟻と恐竜がともに集う場所となった。蟻の列が縦横に走る大地の上を、毎日、途方もなく大きい恐竜が行き交い、繁栄した都市の風景が現出した。

作業量の増加と乾季の終わりにともない、蟻たちは、恐竜の歯の隙間の肉だけでは満足しなくなり、恐竜は、蟻の歯科治療サービスの報酬として新鮮な骨や肉を運んでくるようになった。こうして、歯城の蟻は自分たちで食料を探す必要がなくなり、専門の歯科医となった。専業化したことで、蟻の医療技術は飛躍的な発展を遂げた。

虫歯の虫を掃討する戦闘において、蟻は虫歯の穴を伝ってしばしば歯根まで訪れていた。歯と歯茎の結合部にあたる歯根には、半透明の太い管がある。戦闘中にこの管に触れると、恐竜の口に大地震が起こった。管が刺激されると恐竜は痛みを感じるらしいと蟻はすこしずつ学び、その後、その管を〝神経〟と呼んだ。蟻は、ある双葉の草の根を食べると四肢が麻痺して昏睡状態に陥り、時には何日も目覚めず、そのあいだは足を一本もぎとられても痛みを感じないと昔から知っていたので、この草の汁を恐竜の歯根にある神経に塗った。するとその後、神経に触れても地震が起こることはなくなった。歯の病気を患っている恐竜の歯肉は膿《う》んでただれていることが多かったが、蟻はまたべつの草の汁が傷口の治りを早めることを知っていたので、この草の汁を恐竜の歯肉の膿んだところに塗ると、やはりその場所はすぐに治った。この痛み止めと炎症を治す技術が生まれたことで、蟻は恐竜の虫歯を治すだけでなく、虫歯以外の原因でなる他の歯病——のぼせやほてりによる歯痛や歯周炎など——も治療できるようになった。

しかし、蟻の医療技術における真の革命は、恐竜の体内への大掛かりな探検を実施したことでもたらされた。

＊＊＊

蟻は生まれつきの冒険家だ。ただしそれは、好奇心からではなく——蟻は好奇心がない生物だ——生存空間の探索と開拓という本能による。恐竜の上顎と下顎の巨大な歯列にいる虫を殲滅して、薬液を流し込むとき、彼らは恐竜の口の奥深くをたびたび覗き込んでいた。その暗く湿った内部世界に冒険欲を刺激されたが、しかしそれにともなうおそろしい危険を考えると、その歴史的な遠征のために最初の一歩を踏み出すことがなかなかできなかった。

　恐竜体内の大探検時代は、ダバという名の蟻からはじまった。ダバは、白亜紀文明史上、いちばん最初に名前が記録された蟻である。入念に準備を整え、虫歯治療の機会を選んで、ダバは十四の兵蟻と十四の働き蟻から成る小規模な探検隊を率いて、ティラノサウルスの口の奥深くに向かって出発した。きわめて湿度の高い空気の中、せまく長い舌先の大平原を越えると、舌苔《ぜったい》と呼ばれる無数の白い巨石群が平原を埋め尽くす奇観が現れ、その先の暗闇までずっとそれがつづいていた。蟻の冒険者たちはねばねばする巨岩のあいだを縫うようにして進んだ。恐竜が口を開くと、歯の隙間から外界の光が差し込み、舌の平原を照らした。稲妻のように閃くその光が、舌苔の巨岩の長い影を揺り動かした。恐竜の舌がうごめくと、平原全体が嵐の海のように大きく波打ち、巨岩のまわりにめまぐるしく変化する波紋が広がった。悪夢のようなこの光景に蟻たちは震え上がったが、それでもひるむことなく進みつづけた。ときおり恐竜が唾を呑むと、どろりとした洪水が両側から押し寄せ、平原は一瞬にして水没したが、蟻は流されないよう舌苔にしがみつき、洪水が去るとまた前進を再開した。

　長い旅のすえ、彼らはついに舌の根にたどり着いた。ここまで来ると、外から射し込む光はずっと弱くなり、二つの巨大な洞窟の入口がかろうじて見分けられる程度の明るさだった。二つの洞窟のうち片方は強風が吹きすさんでいた。その風は、中に向かうと思えば外に向かうという具合に、三秒ごとに風向きが反対になる。もうひとつの洞窟は、強風が吹くことはないものの、底知れない奥のほうからゴボゴボという低い音が聞こえてくる。歯の治療で聞き慣れている音ではあったが、ここではその音が桁違いに大きく、雷鳴のように轟いている。あとでわかったことだが、この二つの大きな洞窟は気管と食道だった。強風とくらべると、得体の知れない低い音のほうがもっと怖かったので、蟻たちは気管を進むことに決めた。

ダバの指揮のもと、探検隊はつるつるすべる洞窟を慎重に進んだ。追い風のときは時間を惜しんで前進したが、向かい風のときは前に進めず、姿勢を低くして洞窟の地面に必死にしがみつくしかなかった。蟻たちがまだほとんど距離を稼げないうちに、彼らの足が気道にわずかな刺激を与え、恐竜が軽く咳をした結果、蟻の最初の探査行にはあっけなくピリオドが打たれた。信じられないほど強い暴風が洞窟の奥からとつぜん吹きつけ、探検隊全員を吹き飛ばしてしまったのである。隊員たちは稲妻のようなスピードで舌の平原を越え、巨大な歯に叩きつけられたり、そのまま恐竜の口から吹き出されたりした。

失敗に終わったこの探検で、ダバは真ん中の足を一本失ったが、くじけることなくすぐまた第二次探検隊を組織した。二回めは気管ではなく食道に進んだ。この第二次遠征は、はじめのうちは順調だった。蟻たちは舌根に着くと食道に入り、洞窟に沿って長い距離を踏破した。暗闇の中、洞窟は果てしなくつづくように思えた。漆黒の深淵から伝わるゴボゴボという音はますます大きくなった。ちょうどそのとき、蟻が探検している当のティラノサウルスが、小川のそばまでやってきて水をひと口飲んだ。食道を進んでいた蟻たちは、背後から轟々と響く音を聞いた。その音はあっという間に大きくなり、前方から聞こえるゴボゴボという音をかき消してしまった。ダバが探検隊に止まれと命じ、なにが起こったのか調べようとした。だがそのとき、巨大な洞窟の天井まで届く洪水が水の壁となって押し寄せ、すべての蟻を巻き込んで食道から押し流した。ダバは急流の中で抵抗するすべもなく何度もひっくり返り、くらくらして方向感覚も失ったが、自分が洪水に呑まれ、ものすごいスピードで胃に向かって進んでいることはわかっていた。

やがて、彼女の体はついにどこかに落ち着いた。どうやら、泥状の物質の中に落下したようだった。泥から這い出そうと必死に体を動かしたが、どろどろした物質の中で身動きもままならない。しかし、うしろから洪水が流れ込んできたおかげで、泥状の物質の密度がいくらか薄まり、すべてが攪拌《かくはん》された。しばらくして、その動きがようやく一段落すると、ダバはなにかの表面に浮かんでいた。歩けるかどうか試してみたところ、足元はずぶずぶとやわらかい。しかし、大きさもかたちもさまざまな物体が周囲にたくさん浮いていたので、なんとかその上を伝って歩くことができた。ダバは足をとられながら長いあいだ進みつづけ、ようやく泥状のエリアの端にたどり着いた。目の前にはやわらかな壁があり、そこには繊毛がびっしりと生えている。繊毛と言っても蟻の体長と同じくらいの丈があり、不気味な低木の森のように見える。のちに判明したところでは、この壁は恐竜の胃壁だった。ダバは上に向かって壁を登りはじめた。その歩みに応じて、まわりの繊毛がくるっとしなり、ダバを捕まえようとする。しかし、その動きは緩慢だったので、ふつうに登っているだけで逃れることができた。

内部世界の暗さにしだいに目が慣れてきて、ここが漆黒の闇ではなく、薄暗い光が広がっているのがわかった。恐竜の皮膚を通して外界の光がわずかに入ってきているらしい。そのかすかな光のおかげで、ダバは胃壁を歩く四匹の仲間に気づき、彼らと合流した。

五匹の蟻たちは、先ほどの水責めのショックからなんとか立ち直ると、下方に広がる泥状の物質に目を向けた。彼らが命からがら脱出してきたそのエリアは、のちに〝消化の海〟と名づけられることになる。消化の海は粥状の湿地帯で、ゆっくりと逆巻く表面には大きな泡が次々に浮かんでは弾け、すっかりおなじみになったあのゴボゴボという音を響かせていた。蟻たちのすぐ近くで、大きな泡が破裂した。太く短い棒のようなものが一本、消化の海にまっすぐ立っているのが見えたが、その棒はほどなくゆっくりと倒れていった。よく見るとそれは、トカゲの足だった。それにつづいて、三角形の巨大な物体が泥の表面に浮かび上がってきた。白く大きな目が二つと口がひとつついている。魚の頭だ。消化の海をじっと見下ろしていると、まだ完全に消化されていない食べものが次々に見つかった。ほとんどが嚙み切れなかった動物の肉や骨、果物の種だった。

そのとき、となりにいる蟻がダバを軽くつついた。彼らがいま立っている胃壁に気をつけるよう促すためだった。ダバは、胃壁のあちこちから透明な粘液が分泌されていることに気づいた。粘液は、かすかな光を反射しながら、下方の消化の海に向かって、繊毛の森のあいだを小川となってゆっくり流れ落ちている。消化機能を持つ胃液だとのちに判明したが、数匹の蟻は、このときすでに体のあちこちに胃液が付着し、刺すような痛みを感じていた。痛みはすぐにもっと強くなり、焼けるような激痛に変わった。それは蟻酸が命中したときと同じような痛みだった。

「消化されかけてる!」一匹の蟻が叫んだ。強烈な臭気を放つこの濁った空気の中で、同胞のにおい言語を嗅ぎ分けられることをダバは不思議に思った。

その蟻の発言は正しかった。彼らは恐竜の胃液に消化されようとしていた。最初に消化されたのは繊細な触角だった。ダバは、自分の二本の触角がすでに腐食し、半分しか残っていないことに気づいた。

「ただちに脱出する!」ダバは叫んだ。

「どうやって? まだ先は長い! 体力も残っていません」一匹の蟻が言った。

「もう動けない、足も消化されている!」べつの蟻が言った。ダバは自分の足がすでに胃液に溶かされ、何本も残っていないことにようやく気づいた。他の四匹の足も同じだった。

「ああくそ、もう一度洪水が起きれば、流されて脱出できるのに」ある蟻が残念そうに言った。ダバははっとしてその蟻を見やった。それは、上下の顎に劇毒を持つ兵蟻だった。

「莫迦め！」ダバは兵蟻に叫んだ。「おまえなら、また洪水を起こせるじゃないか！」

兵蟻は理解できないという顔で探検隊長を見た。

「嚙みつけ！　吐きけを起こさせるんだ！」

兵蟻は隊長の考えを理解した。すぐに胃壁のあちこちに嚙みつき、繊毛を何本も嚙みちぎり、たくさんの嚙み跡をつけた。胃壁は激しくぶるぶる震え出し、すぐに蠕動をはじめた。胃壁が大きくうねり、変形するが、蟻たちは必死に繊毛にしがみついていたので、振り落とされることはなかった。繊毛の密度が高くなった。胃が収縮している。恐竜は嘔吐しようとしていた。胃の収縮に伴い、消化の海の水面が急激に上昇し、たちまち五匹の蟻がいる高さにまで達し、彼らを吞み込んだ。蟻は飛ぶような速さで上昇する消化の海に巻き込まれ、あっという間に長い食道を通過し、ふたたび舌の平原をかすめて、上下に生える巨大な歯を通り越して、広大な外の世界に飛び出すと、草地に落下した。

五匹の蟻の冒険者は渾身の力を振り絞り、ようやく大量の嘔吐物の中からどうにか這い出してきた。そのとき彼らが目にしたのは、一面に広がる蟻の海だった。数十万匹の蟻が、偉大な探検家たちに向かって歓呼の声をあげていた。

＊＊＊

かくして、恐竜の体内へと旅する大探検時代がはじまった。蟻文明にとってこの時代は、人類史における大航海時代と同じくらい重要だった。新時代を切り開いたダバの快挙につづいて、蟻の探検隊は次々と食道から恐竜の体内に進入した。やがて蟻たちは、恐竜が水を飲むときやものを食べるときに水や咀嚼物といっしょに体内に入るのがもっとも早い方法だと気づいた。

恐竜の体が、少なくとも二つのシステムから成ることはすでにわかっていた。ひとつは何度も探索した消化器系、もうひとつは、いまだ蟻が足跡を印したことのない呼吸器系だ。傷が癒えると、ダバは五本の足と半分の触角しか残っていない体で新たな探検隊を率い、ふたたび気管から探検をはじめた。今回のメンバーには、体の小さな蟻が選ばれた。さらに、間隔を広くとって隊列を長くすることで、気道に対する刺激をできるだけ減らし、災害級の咳の発生を避けるよう配慮した。

食道への探検にくらべて、気道への探検の旅は非常な困難をともなった。食道ルートと違って、恐竜が水や食料を飲み込むときにいっしょに進入することができないため、強風の中を進まなければならず、強靭な体を持つ蟻しかゴールにたどりつく見込みがなかった。しかし、この偉大な探検家が率いるチームは困難な課題をふたたび克服し、蟻文明史上はじめて、気道ルートから恐竜世界に入ることに成功した。湿気で息がつまる消化系とは異なり、呼吸系は強風と気流に満ちた世界だった。彼らは、恐竜の肺の中で、肺胞がつくる三次元の迷路を通過した空気が血流に溶け込んでいく壮大な光景を目のあたりにした。この血流がどこからやってくるのかまだわからないが、その流れは、恐竜の体に蟻たちが知らないまたべつのシステムがあることを物語っていた。それが循環器系であり、ほかにも神経系や内分泌系があることを蟻たちが学ぶのはずっと先のことになる。

大冒険の第三段階は、恐竜の頭の中の探索だった。最初は鼻孔から入ろうとしたが、蟻の進入による刺激で恐竜がくしゃみをした。そのくしゃみで生じた気流の速度は、気道探検で遭遇したくしゃみとはくらべものにならなかった。すさまじいスピードの気流が鼻の穴から蟻たちを弾丸のように吹き飛ばし、第一次探検隊のメンバーのほとんどは体がばらばらになってしまった。それ以降、頭部の探検は耳の穴を経由することになり、彼らは首尾よく頭の中に入ることに成功した。蟻たちは恐竜の聴覚器官や視覚器官を調査し、その精巧なシステムを分析した。やがて彼らは脳にまで到達したが、この器官が果たす役割についてはなかなか理解が進まず、その存在意義が判明したのは何年も経ってからだった。

こうして、蟻は恐竜の解剖学的な身体構造に関する理解を深め、それがのちの医学革命の基盤となった。

蟻たちにとって、病気の恐竜は珍しいものではなかった。骨と皮ばかりに痩せこけ、目には光がなく、動作が緩慢で、痛みのせいでたえずうめき声をあげている。こうした恐竜の多くがしばらくすると死んでいった。蟻の探検隊は病気の恐竜の体内に何度となく進入し、健康な恐竜の体と比較することで、問題のある臓器や病巣の位置をたやすく特定することができた。蟻は恐竜の疾患を治療するプランをいくつも考えたが、実地に試してみたことは一度もなかった。というのも、このような大がかりな治療には患者の同意が必要だが、これまで、恐竜の体内探査はつねにその恐竜が知らないうちにおこなわれていたからである。蟻が自分の腹や頭の中に入ってくると知らされたら、いくら治療のためでも、ほとんどの恐竜が拒否するだろう。

しかしそのとき、ラリガというハドロサウルスの身に、エポックメイキングな事件が起こった。この恐竜は、白亜紀文明史上、もっとも早く名前が知られた恐竜の一頭である。

ある日のこと、ラリガは重い足どりで歯城にやってきた。その弱々しい姿を見て、蟻たちはこのハドロサウルスが病気を患っているとすぐに気づいた。恐竜の患者が歯城を訪れたときの例に洩れず、およそ五百匹の蟻がラリガを出迎え、助力を申し出た。ラリガは大きく口を開け、前肢を伸ばして口の中を指したが、これは無用のしぐさだった。ここに来る恐竜に歯の治療以外の用事はないからだ。しかし、医療チームのリーダー、アーウェイ（のちに内科学の父となる）は、ラリガが歯を指しているわけではないことに気づいた。もっと奥、つまり喉を指している。ラリガは次に自分の腹を指し、苦しそうな顔をした。腹が痛いという意味だ。それからまた喉を指す。その意味は明白だった。腹の中に来て病気を診てくれと言っている。そこでアーウェイ医師は数十匹の蟻を率いて、有史以来はじめてとなる、恐竜自身の同意に基づく体内探査を実施した。診断チームはラリガの食道から胃に入り、すぐに胃壁に病変があるのを見つけた。しかし、アーウェイが率いるチームの力では、これほど大規模な治療をおこなうことは不可能だ。そこでアーウェイは、恐竜の口から出てくると、ただちに歯城市の市長に緊急の面会を申し込んだ。

アーウェイは市長に状況を説明し、増援の蟻五万匹と、麻酔薬と消炎薬それぞれ三キロを要請した。

市長は腹だたしげに触角を振りながら言った。

「気はたしかかね、先生。きょうは病人が多いんだよ。そんなにたくさんの蟻を派遣したら、五、六十頭の恐竜の治療に支障が出る。しかも、そんなに大量の薬を要求するとはな。通常の治療の百回分以上だぞ！　あのハドロサウルスは長患いで体が弱っている。骨や肉を持ってくる体力はない。こんな桁外れの治療費をどうやって支払うんだ？」

「長い目で見てください、市長」アーウェイは言った。「もし今回の治療が成功すれば、蟻は今後、歯の病気だけでなく、恐竜のあらゆる病気を治せるようになる。そうすれば、恐竜からの依頼はいまの十倍、いや、百倍にもなる。莫大な量の骨や肉を稼げるでしょう。この市だって、もっともっと大きくなりますよ！」

市長は納得し、アーウェイに必要な蟻と薬品と権限を与えた。

五万匹の蟻からなる医療チームがすぐに集結し、薬剤も運ばれてきた。病気のハドロサウルスは地面に仰向けに横たわり、大きく口を開いた。薬品を詰めたリュックサックを背負う蟻たちの大群が、その口の中へ威風堂々と行進していった。数百頭の恐竜がそのまわりを囲み、茫然と目を見開いてこの壮大な試みを見守っていた。

「あの莫迦は、こんなにたくさんの虫が腹に入るのを許したのか！」一頭のタルボサウルスが怒りの声をあげた。

「それがどうした？」ティラノサウルスが言い返した。「おれたちはもう、蟻が口の中に入るのを許してるじゃないか」

「おれが許したのは歯だけだ。腹は話が違う！」タルボサウルスが言った。

「でも、もしほんとうにそれで病気が治るなら……」背が低いステゴサウルスがうしろから首を伸ばして言った。

「病気が治るから、虫を腹に入れるっていうのか？」タルボサウルスはステゴサウルスを睨みつけた。「そんなことを許したら、あいつらは、鼻、耳、目から入り込んで、しまいには脳みそにまでやってくるぞ。なにをされるか知れたもんじゃない」

「それがどうした。どんな病気でも治せるとしたら、生きるのがどんなに楽になることか」ティラノサウルスが下顎を掻きながら言った。

「そうだそうだ」まわりの恐竜たちが次々と同調した。

「どんなに楽だろうな……」

「病気は怖い……」

「長生きできるぞ……」

手術の第一歩は、ラリガの胃の中の、病変がある箇所に麻酔を施すことだった。アーウェイの指揮のもと、蟻は植物から抽出した、歯の手術に使う三キロの麻酔薬をハドロサウルスの胃に運び込んだ。麻酔処置が終わると、ラリガの胃の中で数千匹の働き蟻が病変部分の切除にとりかかった。これは、とてつもなく大がかりなプロジェクトだった。運び蟻たちが黒く長い線をつくり、切除された胃組織は次々と体外に運び出された。黒い線の先にある地面には、膿んで腐りかけた黒い胃壁組織が次々に積み上がった。病変組織の切除が終わると、最後は傷口に消炎薬を塗布する作業だ。ハドロサウルスの体内にふたたび大行列が薬を運んでいった。体内での手術は三時間にも及び、日が暮れる前に終了した。すべての蟻が撤収すると、ラリガはもう腹が痛くないと言った。数日後、彼の体は完全に健康をとり戻した。

そのニュースはまたたく間にゴンドワナ大陸の恐竜世界を駆け巡り、歯城市に治療を受けにやってくる恐竜の数は十倍以上に増えた。同時に、それよりもっと多くの、膨大な数の蟻たちが、仕事にありつこうとこの街にやってきた。

業務量が大幅に増加したのにともない、蟻の医療技術は一日千里のスピードで発展した。

蟻は恐竜の体内深くに進入し、消化器系と呼吸器系のあらゆる疾病を治療したが、のちにその治療範囲は、より高度な技術を必要とする循環器系、神経系、視聴覚系、ひいては脳神経系にまで広がった。薬学の分野でも、植物だけでなく動物や鉱物を原料とする新たな薬が次々に開発された。同時に、恐竜体内の手術技法も飛躍的に進歩した。たとえば現在、消化器系の手術の場合、もう蟻の長い隊列が食道から進入する必要はなく、かわりに〝蟻丸〟が使われている。およそ千匹の蟻が抱き合ってひとつにかたまり、直径十センチから二十センチの〝蟻丸〟をつくる。患者の恐竜は、薬を飲むのと同じように、ひと粒もしくは数粒の蟻丸を水といっしょに飲み込めばいい。この技法のおかげで、手術の効率は大きく高まった。

＊＊＊

蟻の大都市、歯城市は急激に膨張した。診察に訪れる恐竜の一部はもとの生息地に戻らず、歯城市からそう遠くないところに住み着いて、恐竜都市を形成した。恐竜は大きな岩で住居を覆わなければならなかったので、蟻はこの街を巨石市《メガリス》と呼んだ。歯城市と巨石市はのちにそれぞれ、蟻帝国と恐竜帝国のゴンドワナ大陸における首都となった。

それと反対に、診療が終わって歯城市を離れる恐竜の中に、蟻の一群をともなう者たちが現れた。彼らは、ゴンドワナ大陸の他の恐竜都市や居住地に蟻の医療チームを連れていった。はるか遠くの地に到着した蟻たちは、歯城市の医療技術を現地の蟻たちに教えた。こうして、恐竜と蟻の協力はゴンドワナ大陸各地にすこしずつ広まっていった。ここでついに、竜蟻《りゅうぎ》同盟の基礎がかたまったことになる。

しかしこの時点では、地球上の二大生物のこのような連携は、高度な共生関係でしかなかった。蟻は恐竜から医療サービスと引き換えに食物を受けとり、恐竜は食物と引き換えに医療サービスを受ける。蟻が恐竜の歯のあいだにはさまった肉をはじめて掃除して以来、この協力関係は大きく進歩したものの、本質は変わっていなかった。実際、地球上では、異なる生物種のあいだで相利共生する例は古くからあり、現代までつづいている。蟻と恐竜の共生に似た、いまも存在する例としては、海洋生物の掃除共生がある。クリーナーと呼ばれる魚や甲殻類は、他の大型魚の体表についている寄生虫や細菌や藻を掃除すると同時に、傷口の組織や食べかすもきれいに除去し、それによってクリーナー自身もたらふく食べることができる。中には、特定のクリーニング・ステーションで大型魚の来訪を待つクリーナーもいる。クリーナーと、掃除される大型魚とのあいだには、情報伝達の手段がある。たとえばあるクリーニング・シュリンプの場合、掃除しようとするときは、まず触角で相手の魚に触れる。魚のほうは、もし掃除してほしければ、体を傾けてエラを広げ、口を開いて受け入れる意思を表明する。承諾を得たクリーナーは、安心してサービスをはじめられる。そうしなければ、魚に食われる危険があるからだ。掃除共生の確立は魚にとって非常に重要で、クリーナーが他のエリアに移動してしまうと、そのエリアの魚は健康状態が低下し、数も減ってしまう。

しかし、この種の共生関係には限界がある。共生関係にある二種類の生物は生存のための需要があって集まっているのであり、交換しているのは、生物の生存に必要な食物とサービスという基本的なものでしかない。文明が進化するためには、共生する者同士のあいだにもっと高度なものの交換がなければならない。よりハイレベルな協力――たんなる共生だけではなく、ともに進化する同盟関係――が不可欠だ。

このとき、巨石市で起こったある出来事が、竜蟻同盟の価値をさらに高いレベルに引き上げることとなった。

3　字板

字板は、恐竜世界に欠かせないものだった。その役割は、わたしたちが字を書くときに使う紙に相当する。字板には固定式と携帯式の二種類があり、固定式の字板は字山、あるいは字石と呼ばれる。これは、比較的ゆるやかな斜面のある小さな山、もしくはなめらかで平らな岩石のことで、恐竜はそこに巨大な文字を刻む。移動式の字板はさまざまな材料から成る。よく使われるのは、木製、石製、皮製の三種類だ。木製字板は、ふつう、大樹の幹を縦に半分に割ったもので、その断面に字を書く。この時代、恐竜はまだ金属が使えず、のこぎりもなかったので、木板をつくることができず、大きな石斧で木の幹を割って字板にした。石製字板は表面に字が刻める平らな石のことで、大きさもかたちもさまざまだ。とはいえ、いちばん小さいものでも、わたしたちの円卓より大きい。皮製字板はさまざまな獣やトカゲの皮を加工したもので、植物や鉱物からつくった顔料で字を書く。何枚もの皮をつなぎ合わせて一枚にすることが多かった。

恐竜の指は太く不器用で、細くて小さい道具を握ることができず、ていねいに書くのも不可能だったため、彼らの書く字はとても大きく、いちばん小さいものでもサッカーボールくらいのサイズだった。したがって、携帯式の字板も、巨大でかさばる、重いものにならざるをえず、大きな字板でも、数文字しか書けない。

巨大な字板は、通常、恐竜のコロニーや町の公共物であり、コミュニティ全体の財産や、出産や死亡など住民の情報、生産状況などを簡単に記録していた。千頭程度の恐竜から成るコロニーでは、必要な字板の量も桁外れになる。住民名簿をつくるだけで木製字板が大樹二、三十本分、会議の簡単な記録を残すだけで数百枚の皮製字板が消費された。そのため、字板の製造は、恐竜の資源や労働力にとって大きな負担となり、さらに、コロニーや都市の移転（狩猟時代の恐竜社会ではひんぱんにおこなわれた）にさいしては、大量の字板が大きな重荷になった。恐竜社会では千年も前から文字が生まれていたにもかかわらず、文字文化がなかなか発展せず、この百年間ずっと足踏み状態にあったのは、まさにこれが理由だった。恐竜の文字はまだまだ原始的なもので、簡単な一進法の数字といくつかの象形文字に限られ、話し言葉の発達にくらべてはなはだしく遅れていた。文字の発達の遅れは恐竜世界の科学と文化の発展にとって最大の障害になり、その結果、恐竜社会は長いあいだ原始的な状態に留まっていた。これは、ある生物種にとって、不器用な手しか持たないことがいかに文明の発展を妨げるかという典型的な例である。

＊＊＊

クンダは巨石市に暮らす百余名の文字工の恐竜の一員だった。恐竜世界における文字工は、字板に字を清書する、タイピストと印刷工が合体したような職種だった。クンダはこのとき、巨石市の住民名簿の控えをつくるため、二十数名の同僚とともに、山と積まれた字板の前で働いていた。原簿の大部分は木製の字板に記されている。縦に真っ二つに割られた丸太が積み上げられて無数の山となり、クンダたちの仕事場はまるで材木の集積場のようなありさまだった。

クンダは左手に切れ味の悪い石包丁、右手に大きな石槌を持ち、十メートル近い長さの木製字板に書かれた象形文字を、もっと短い二枚の新しい字板に書き写しているところだった。単調で神経を使うこの仕事をもう何日もつづけているが、目の前にある、彼が担当する木の幹の山はいっこうに低くなるようすがなかった。クンダは包丁と槌を放り出し、この味気ない生活にうんざりしながら疲れた両目をこすり、字板の山に寄りかかって長いため息をついた。

ちょうどそのとき、蟻の一群が目の前の地面を通過した。およそ千匹はいるだろうか、恐竜の手術を終えたばかりのようだった。クンダはふと閃いて、体を起こすと、陰干しにしたヒカリトカゲの肉を二枚、蟻に向かって振ってみせた。ヒカリトカゲは、夜になると蛍光色の光を発するためにこう呼ばれているが、蟻にいちばん好まれる肉だった。トカゲ肉に惹かれて蟻の群れがこちらにやってくると、クンダはいま書き写している原簿の字板を指し、次に二文字半だけ刻まれた新しい字板を指してみせた。蟻たちはすぐにクンダの仕草の意味を理解し、木板の白いなめらかな面に次々に登ってきて、顎で文字を刻みはじめた。

クンダは、われながらいいことを思いついたと上機嫌になり、字板の山の上に寝そべった。蟻にやらせたら、自分でやるより時間がかかるのはわかっているが、蟻はもっとも忍耐強く、粘り強い生きものだ。いつかは作業が終わるだろう。これでしばらくのんびりできる。クンダはそのままぐうぐう寝てしまい、百万を超える蟻の大軍を率いている夢を見た。蟻は数百枚の大きな字板をしばらくのあいだ黒い潮のように覆いつくしていたが、やがて潮が引くと、すべての白い表面に美しく整った文字が刻まれた字板が現れた……。

……とつぜん、刺すようなかすかな痛みをかかとに感じて、クンダは目を覚ました。見ると、左足のかかとに数匹の蟻が嚙みついている。これは、蟻が恐竜の注意を惹くための方法だった。かかとの上のいる蟻は、クンダが目覚めたのを見ると、書き写しを頼まれた字板を触角で指した。仕事が終わったという意味だ。クンダは太陽を見上げた。まだそんなに時間は経っていない。ふたたび字板を見ると、一瞬の間を置いて、猛烈な怒りが湧いてきた。自分が途中まで彫った字の残り半分は本来のサイズで彫ってあるものの、蟻が木板を噛んで新たに彫った字は、はるかに小さい。もとの三文字にくっついた小さな尻尾のようだ。こんなごまかしは、ただの手抜き仕事というだけでなく、字板を無駄にしてしまう！　蟻がずるがしこく、利益第一主義の生きものであることは前から知っていたが、これがまさにその証拠だ。

クンダは蟻に罰を与えようと竹箒を手にしたが、もう一度さっきの字板に目を向けたとき、ぱっとアイデアが閃いた。蟻が噛んで彫った字はたしかにずいぶん小さいが、恐竜にもきちんと読むことができる。これまで字板に刻まれる字が大きかったのは、読むのに便利だからではなく、恐竜の不器用な指ではそれよりも小さな字が書けなかったからだ。蟻の一群がけんめいに触角を振っているのも、たぶんそれが言いたいからだろう。

クンダは箒を下ろすと、笑みを浮かべ、トカゲ肉を一枚、蟻の群れの中に置いた。それから字板の前にしゃがんで、もう一枚の肉をかざしながら、大きな三文字と小さな文字列に向かって身振りをして、なんとか自分の思いつきを伝えようとした。しばらくたって、蟻たちはようやくその身振りの意味を理解し、そろって触角を動かしてうなずいた。もちろんできますよ、という合図だ。蟻たちは字板の空白の部分に登って仕事をはじめた。ほどなくそこに、さっきよりもさらに小さな文字が一行あらわれた。一文字一文字は、本書のカバーに印刷されたタイトル文字と同じくらいのサイズで、かたちはさっき彫った字の列と同じだった。蟻は字が読めないため、もとの字板に記された文字のかたちをそのまま複製しているにすぎない。

クンダは残りの肉を謝礼として蟻に渡し、字板の小さな字が彫られた部分を石斧で切り離すと、それを脇に抱えて、意気揚々と市長に会いに行った。

クンダは地位が低かったので、巨大な石で築かれた市庁舎の前で、守衛にさえぎられた。クンダが字板の断片を守衛の目の前に掲げると、大きく勇猛な守衛はじっと字板の表面を見つめた。やがて、いぶかしげだった目が、まるで神聖なものを見るかのような畏敬のまなざしに変わり、偉大な聖人を見るかのようにしばらくまじまじとクンダを見つめてから、中に入るのを許可した。

「なにを持っている？　爪楊枝か？」市長はクンダを見るとそうたずねた。

「違います、市長。字板です」

「字板？　莫迦か、おまえは？　そんな小さな板には半文字も書けまい」

「しかしここには三十文字以上が書かれております、市長」クンダはそう言うと、小さな木片をさしだした。

市長は字板を受けとり、その表面に目を凝らした。やがて市長の目は、先ほどの守衛と同じ畏敬のまなざしに変わり、しばらくたつとようやく顔を上げてクンダを見た。

「これは……まさかおまえが彫ったんじゃないだろうな」

「もちろん違います。市長、これは蟻が彫ったんです！」

　市政府の高官たちは小さな字板を受けとると、小さな象牙細工の芸術品を扱うように慎重な手つきで順ぐりにためつすがめつした。巨石市の支配階級にいる恐竜たちは口々に議論をはじめた。

「まったく不思議だ。こんなに小さな字が！」

「でも、はっきり読めますよ！」

「先祖の時代には多くの先達がこういう小さな字を書こうと挑戦してきたが、ことごとく失敗に終わった」

「あの虫けらどもは、じつに有能だな」

「蟻が役に立つことは医療以外にもたくさんある。どうしてもっと早く気づかなかったんでしょう！」

「こんなに小さな字が書けるなら、字板の材料がどれだけ節約できるか！」

「そうとも。しかも持ち運びに便利だ。全市民の名簿をひとりで持ち歩けるぞ！　これまでは数百頭の運搬係が必要だったのに！」

「もうひとつ、みんな気づいていないことがありますよ。字板の材料も変えられるはずだ！」

「そうだ、木の幹である必要はない。こんなに小さな字だ、木の皮だったらもっと軽くなるだろう？」

「そうだそうだ、木の皮、小さなトカゲの皮でもいいぞ、もっと安くできる！」

市長が前肢を振って議論を打ち切った。

「よし、今後は蟻に字を書かせよう！　まず、百万匹以上から成る蟻の筆記軍を組織する。この仕事は……」市長は周囲をぐるっと見まわし、その視線がクンダの上で止まった。

「おまえが担当しろ！」

＊＊＊

クンダの夢は現実になった。巨石市だけでなく、恐竜世界全体で、字板の製作に使われる大量の木材や石材、獣皮を大幅に節約することができた。しかし、この出来事が白亜紀文明にもたらした真の進歩にくらべれば、そんなことはとるにたりなかった。

細かい蟻文字の出現によって、大量の情報を記録することが可能になり、それとともに恐竜の筆記法はさらに豊かで洗練されたものになっていった。こうしてついに、恐竜世界のあらゆる分野の経験や知識が文字と数式によって体系的に記録に残されるようになり、この方法が広く伝わることで、以前のように記憶や口述に頼る必要がなくなった。この巨大な進歩は、白亜紀文明の科学と文化にとって大きな推進力となり、長期的な停滞にあった白亜紀文明は、飛躍的な発展を遂げることになった。

それと同時に、蟻の器用さをもとにした技術は恐竜世界のさまざまな領域にさらに深く入り込んでいった。時間を計る技術を例にあげよう。恐竜は早い段階で日時計を発明していた。大きな木の幹を針にして、そのまわりに目分量で文字盤を書いた。この原始的な日時計は、持ち運ぶことが不可能だったが、蟻の技術を導入することでサイズが小さくなり、文字盤も精密になって、便利に携行できるようになった。その後、恐竜は砂時計と水時計も発明した。この装置に必要な容器は恐竜にもつくれたかもしれないが、いちばん肝心な小さな穴を空けるには、蟻の技術に頼るしかなかった。以後、時計の製作には蟻が欠かせなくなり、恐竜より大きな置き時計でも、その内部には蟻にしか加工できない繊細な部品が数多く使われはじめた。

蟻の技術が文明の進歩にもっとも重要な役割を果たした分野は、文字を書くことをべつにすると、科学実験だった。細かい手作業が可能な蟻たちのおかげで、それまで恐竜には望むべくもなかった精度の測定が可能になり、定性的な研究は定量的な研究へと移行し、白亜紀世界の科学は飛躍的に進歩した。

いまや、蟻は恐竜世界の欠かせない一部となった。社会的地位の高い恐竜は、つねにミニチュアの蟻の巣を携帯している。その多くは木製のボールのようなかたちで、中に数百匹の蟻が住んでいる。字を書く必要が生じると、恐竜は木の皮や獣の皮でできた紙を机に広げ、紙のそばに蟻の巣を置く。すると蟻が紙の上に出てきて、恐竜が話した言葉を紙に刻みつける。蟻による筆記は、多数の蟻が複数の字を同時に彫るため、わたしたちが手で書くよりもずっと早い。もちろん、この携帯蟻ボールは、筆記以外にも多くの細かい作業に利用できる。

一方、蟻の側も、骨や肉をはるかに超えるものを恐竜から得ていた。新たな竜蟻協力がはじまってから、蟻の世界が恐竜世界から最初に得た、はかりしれない価値を持つ宝は、文字だった。蟻世界にはそれまで文字がなかった。恐竜のために字を書く仕事をはじめてからも、彼らは字が読めなかったので、最初のうちは単純な書写しかできなかった。恐竜が大きな字板に書いた字を、小さな字で紙に書き写す。一度にひと筆ずつ写すしかなかったため、きわめて効率が悪かった。しかし恐竜は、秘書のように口述筆記してくれる蟻を切実に必要としていたし、蟻世界も、社会における文字の重要性を認識し、学びたいと渇望していた。双方がともに努力したことで、蟻はあっという間に恐竜の文字を身につけ、恐竜のために字を書く作業を代行すると同時に、自分たちの社会でも文字を使いはじめた。

白亜紀文明にとって、蟻が恐竜文字を習得した最大の意義は、恐竜世界と蟻世界のあいだにコミュニケーションの橋が架けられたことだった。つきあう時間が長くなるにつれて、蟻はすこしずつ恐竜の言語を聞きとれるようになった。しかし、身体的な構造上、恐竜が蟻のにおい言語を理解することは永遠に不可能だ。そのため、二つの世界のあいだのコミュニケーションは簡単なものにかぎられていた。しかし、蟻が文字を身につけたことで、この状況に根本的な変化が起きた。蟻は文字を通して恐竜と会話できるようになった。この対話をより迅速におこなうために、蟻は驚くべき方法を編み出した。四角いエリアの中で、数百、数千の蟻がすばやく隊列をつくり、自分たちの体によって文字列を表すのである。この隊列式蟻文字の技術は日に日に向上し、隊列の移動も迅速になり、コンピュータ・ディスプレイさながら、瞬時に文字列を描けるようになった。

二つの世界間のコミュニケーションが向上するにつれ、蟻世界は恐竜世界からさらに多くの知識や思想を得た。恐竜社会で新たな科学的発見や文化的な成果があると、それはすぐさま蟻世界に伝わった。蟻世界の致命的な欠陥——創造的な思考の欠如——がそれによって補われ、蟻文明も飛躍的に発展しはじめた。

竜蟻同盟によって、蟻は恐竜の器用な手となり、恐竜は蟻の思想と創造の源泉となった。白亜紀末期、二つの知性の萌芽が融合し、ついに激しい核反応を起こした。ゴンドワナ大陸の中心から文明の太陽が昇り、地球生命進化史における長い夜を明るく照らしたのである。

4　蒸気機関時代

時は飛ぶように過ぎ、千年が経った。

白亜紀文明は新しい時代を迎え、蟻と恐竜はそれぞれ巨大な帝国を建設していた。恐竜世界は蒸気機関時代に入り、電力はまだ制御できていなかったものの、鉱物資源を大々的に採掘し、さまざまな金属を精錬して、蒸気機関で駆動する複雑な巨大マシンを建造した。恐竜は巨大な都市をいくつも建設し、縦横に入り組んだ広軌の鉄道がこれらの都市を他のさまざまな地域とつないでいた。鉄道を疾走する列車は、車両ひとつがわたしたちの五階建て六階建てのビルに相当する大きさで、同じように巨大な蒸気機関車がそれを牽引する。列車が通ると山や大地が揺れ、機関車から噴き出される水蒸気は空に立ち昇る雲の層となった。恐竜はさらに、空高く飛ぶ巨大な輸送用気球を開発した。この気球が空を横切ると、その影が街ひとつを覆うほどだった。また、蒸気機関や巨大な帆を動力として海を航行する巨大な船も建造された。こうした船がつくる船団は、海に浮かぶ山脈のように見えた。それらの船が、ゴンドワナ大陸の恐竜と蟻を他の大陸に運び、竜蟻同盟の文明様式が白亜紀末期の地球全体に広がることになった。

蟻の尺度から見れば、彼らの帝国も同じように巨大だった。蟻はもう巣穴に住むことはなく、彼らの都市はさまざまな大陸に星座のように広がっていた。恐竜文明の大きさと豪放さが理解しがたいのと同様、蟻文明の小ささと繊細さもわたしたちには理解しにくい。一般的な蟻の都市は、サッカー・フィールド程度の広さしかないが、よく観察してみると、それらメガロポリスの規模と複雑さはめまいがするほどだった。蟻の高層ビルは、おおむね一、二メートルの高さだが、内部構造はおそろしく細かく、立体迷路のように複雑に入り組んでいる。蟻の列車はいちばん小さいミニカーくらいのサイズで、輸送用の気球は風に乗って飛ぶシャボン玉のようだ。こうした蟻の交通機関は短い距離しかカバーしていないため、蟻が遠くへ旅したいときは、恐竜の列車や、気球、汽船を利用した。

蟻と恐竜、この二つの世界のあいだでは密接な協力と相互依存の関係がつづいていた。この時点では、恐竜はすでに機械を使って小さな文字列を高速で大量に紙に印刷する技術を開発し、タイプライターも発明していた。恐竜の太い前肢に合わせて、タイプライターのキーはわたしたちのコンピュータ・ディスプレイほどの大きさだが、高速で小さな字を打ち出すことができた。そのため、恐竜はもう蟻に文字を書いてもらう必要はなかったが、恐竜世界のさらに多くの領域で、蟻の技能が不可欠になっていた。結局のところ、印刷機もタイプライター―も、蟻が加工する大量の精密部品がなければ製造できない。そして、恐竜世界に大規模な工業が誕生すると、蟻の細かい作業に対する需要はさらに大きくなった。蒸気機関のバルブやメーターから汽船のコンパスまで、あらゆる部品の製造過程に蟻の技術が必要だった。竜蟻同盟の発端となった医療分野は、あいかわらず蟻の独擅場で、指先が太く不器用な恐竜は手術に必要な手技を学ぶべくもなかった。

恐竜と蟻の二つの世界は、相互依存の関係であると同時に、たがいに独立した関係でもあり、さらに高度な経済関係をも形成していた。当時の地球社会には、二種類の貨幣が流通していた。ひとつは恐竜が使うもので、わたしたちのベッドマットくらいの大きさの紙幣。もうひとつは蟻が使うもので、わたしたちのシュレッダーで細断された紙の切れ端くらいのサイズ。二種類の貨幣は等価交換することができた。

白亜紀文明の最初の千年、蟻と恐竜、二つの世界の関係はずっと円満で、大きな摩擦は起きなかった。これは、両者が相手に依存していたことに起因する。もし同盟関係が崩壊したり亀裂が入ったりすれば、どちらの世界にとっても致命的な危機となる。もうひとつの大きな理由は、蟻世界が低コスト社会であり、物質的な要求を容易に満たすことができ、占有する領土も少なかったことだ。蟻帝国の領土の多くは、恐竜帝国の領土と重なり合っていたものの、恐竜たちの邪魔になることはなかった。このため、恐竜と蟻のあいだには、重大な生存競争が存在しなかった。

しかし、二つの文明のあいだには、乗り越えられない溝が存在した――それは、二つの生物種の身体構造と社会構造における大きな差異を反映したものだった。まさにそのために、蟻世界と恐竜世界はこれまでほんとうの意味でひとつになったことはなかった。文明の進歩にともない、二つの世界の文化に衝突が起こることは避けようがなかった。

それぞれの知性が向上するにつれて、蟻と恐竜は宇宙の広大さをより深く認識するようになった。しかし、宇宙の仕組みについての探究はまだ初期段階にあり、科学の力は頼りなく見えたため、宗教が誕生した。二つの世界で宗教的な狂信が熱を持って広がり、宗教における二つの文明の差異が顕在化して、長く潜んでいた危機が姿を現そうとしていた。白亜紀文明の空に暗雲が重く垂れ込めはじめていた。


***

年に一度の竜蟻サミットが巨石市でおこなわれた。この会議では、恐竜と蟻、二つの帝国の最高統治者が、二つの世界が直面する重大な問題について話し合う。

当時、恐竜帝国と蟻帝国の首都は、まだ巨石市と歯城市に置かれていた。巨大な巨石市とくらべて、歯城市はまるでそのかたわらに貼られた小さな切手のようだったが、両者の地位は平等だ。そのため、蟻帝国の女王ラシーニが恐竜帝国の広大な宮殿に入るときには、盛大な出迎えを受けた。蟻帝国の要人は、外出のさいはいつも文字軍と呼ばれる軍隊を引き連れていく。この軍の役目は隊列を組んで文字をつくることで、蟻と恐竜の会談には欠かせない存在だった。文字軍の規模は要人の階級によって決まる。蟻の女王が連れてきた文字軍の規模は最大で、十万匹もの蟻で編成されていた。恐竜の儀仗隊が一斉にラッパを響かせるなか、十万匹の蟻から成る方陣は、女王のあとについてホールに入った。鏡のように光る床の上を、二メートル四方の黒く四角いブロックがゆっくりと移動していく。蟻たちは、女王を出迎えるために儀仗隊の前に立っている恐竜帝国皇帝の前までやってきた。恐竜の皇帝ウルスが最初に蟻の女王に挨拶した。

「ようこそ、ラシーニ女王！　その黒いブロックの前にいらっしゃいますか？　一年ぶりですかな？」

ウルスはそう言うと、腰を曲げて文字軍の方陣の前の床をしばらく見つめていたが、やがてあきらめたように首を振った。

「前回お目にかかったときはまだお姿を見分けられた記憶があるが、いまはほんとうに見えなくなってしまった！　ああ、年はとりたくないものだ。すっかり視力が衰えてしまって」

黒いブロックはさっと散開し、すぐに大きな文字列をつくった。

「床の色の問題ではないでしょうか。白い大理石をお使いになるべきです。それならわらわが見えたでしょうに。蟻帝国の統治者ラシーニが、恐竜帝国の統治者、尊敬するウルス皇帝にご挨拶申し上げます」

ウルスはにこやかにうなずいた。

「わたしからも、尊敬する女王にご挨拶申し上げます。今回のサミットの議題について、わが帝国の使者から連絡を差し上げたと思いますが」

ラシーニは、天を衝くように目の前にそびえる恐竜皇帝を見上げながら触角でうなずき、においの言語で返事を伝えた。文字軍方陣の一列目にいる指揮官はにおい言語を受けとると、うしろの方陣にすばやく指令を出した。日頃から訓練を積んでいる文字軍の兵士たちは機械のように反応し、瞬く間に隊列を組み直して女王の言葉を床に綴った。

「今回のサミットでは、二つの世界の宗教紛争を解決しなければなりません。この問題は先王の時代からわたしたちを悩ませ、いまや竜蟻同盟が直面する最大の危機となっています。世界はまさに崖っぷちに来ていることを陛下もご承知かと思います」

ウルスはふたたびうなずいた。

「そのとおりです。ラシーニ女王、あなたもわたしと同じように、この危機を解決することのむずかしさを理解してくださっていると思います。さあ、どこからはじめましょうか」

女王はしばらく考えてから返答を発し、文字軍は稲妻の早さで大理石の床に文字を綴った。

「すでに共通認識となっているところからはじめましょう」

「わかりました。恐竜と蟻はともに、この世界に神はひとりしかいないと考えています」

「そうです。この世界に神はひとりしかいません」

二人の帝王はしばらく黙り込んだ。やがて、ウルスが口を開いた。

「次に、神とはどのような存在か、討論しなければなりません。すでに何千回も議論してきたことではありますが」

「そうです。それが紛争の原因であり、危機の原因です」とラシーニが応じる。

「神は、まちがいなく恐竜の姿をしている。わたしたちは見た。神はさまざまな恐竜のイメージを組み合わせたものでした」恐竜の皇帝が言った。

「神は、まちがいなく蟻の姿をしています。わたしたちは見た。神はさまざまな蟻のイメージを組み合わせたものです」蟻の女王が言った。

ウルスは笑いながら首を振った。

「ラシーニ女王、もしあなたが最低限の理性と常識をお持ちなら、この問題はたやすく解決できるでしょう。あなたはほんとうに、神があなたがたと似た、塵のように小さな虫だと信じているのですか？　そんな神がこのように大きな世界を創造できると？」

「体積の大きさが力を体現しているとはかぎりません。山や海にくらべれば、恐竜も塵のようなものです」

「しかし、わたしたちには思想があり、創造力もあります。あなたたちにはそれがない。蟻社会は大きく精巧な機械のようなもので、蟻はただの部品にすぎない」

「思想だけで世界を創造することはできません。考えてみてください、蟻の技術がなければ、恐竜の発明のほとんどは実現できません。世界を創造するには、繊細で細かい作業が必要です。蟻の神にしか、それを完成させることはできないのです」

ウルスは呵《か》々大笑《かたいしょう》した。

「わっはっは。あなたたち蟻のいちばん我慢ならないところは、その貧困な想像力だ。その小さな脳味噌には単純な算数しかない。あんたたちは、ほんとうにただの部品なんだよ！」腰を曲げて顔を床に近づけると、いまだよく見えない蟻の女王に向かって低い声でささやいた。「教えてあげましょう。神が世界を創造するとき、細かい作業など必要なかった。神はただ、みずからの考えにかたちを与えた。すると……ぱっ！　考えが世界に変わった！　わっはっはっは……」ウルスは体を起こしてまた大笑いした。

「ウルスどの、わらわはあなたと形而上学を議論しにきたのではありません。この二つの世界のあいだで長くつづく問題を、今回、かならず解決しなければならないのです」

ラシーニがそう言うと、ウルスは両手を上げて大声を出した。

「おお、われわれはまたひとつ共通認識を得ましたね！　そう、この問題は今回、かならず解決しなければならない！　尊敬するラシーニ女王、あなたから解決方法をご提案ください」

ラシーニはすぐに返答した。重要であることを示すため、文字軍は女王のこの言葉をつくるとき、字のまわりを枠で囲った。

「恐竜帝国は、恐竜の姿の神を祀る教会をただちに解体してください」

ウルスはまわりにいる大臣と視線を交わすと、爆発するような笑い声をあげた。

「わっはっは、小さな虫にしては、たいそうな大きな口をきくものだ！　わっはっは……

……」

ラシーニはつづけて言った。

「蟻は恐竜帝国におけるあらゆる作業を中止し、すべての恐竜都市から全面的に撤退します。あなたがたが要求どおり教会を解体しないかぎり、仕事を再開することはありません」

ウルスが言った。

「わたしも恐竜帝国の最後通牒を伝えましょう。蟻帝国は一週間以内にすべての蟻都市から蟻の姿の神を祀る教会を解体してください。期限が来たら、恐竜帝国の軍隊は、蟻の姿をした神の教会がある都市すべてを踏み潰します」

「それは宣戦布告でしょうか？」ラシーニが冷静にたずねた。

「戦争などしたくはない。あんたらのような虫と戦うなんて、恐竜軍隊の名折れだからな」

蟻の女王はなにも答えず、うしろを向いた。文字軍の方陣が女王のために道を開けた。女王が通過すると道は閉じ、文字軍は女王のあとについて宮殿を出ていった。そのとき、恐竜たちのあいだでちょっとした騒ぎが起きた。彼らが携帯している小さな蟻ボールや、机の上に置いてある蟻ボールから、蟻たちがぞろぞろ出てきたのだ。恐竜の印刷業はすでに機械化されていたが、個々の恐竜が字を書くときはやはり蟻に頼っていたため、わたしたちがペンを持ち歩くのと同じように、彼らは小さな蟻ボールを持ち歩いていた。こうした蟻ボールのサイズは大小さまざまで、とても精巧につくられている。恐竜にとっては欠かせない一種の装飾品であり、社会的地位や富の象徴でもあった。しかし、蟻ボールの中にいる蟻は個々の恐竜が所有しているわけではなく、かならず蟻帝国に雇用されていた。こうした蟻たちは、最終的に女王の命令にしたがう。いま、蟻たちは机の上から、あるいは恐竜の体から床に降り、宮殿を去ろうとしている方陣に次々と加わった。

「なんてことだ。あんたたちが出ていったら、これからどうやって字を書いたり書類をチェックしたりすればいいんだ？」ある恐竜の大臣が大声で叫んだ。

ウルスは前肢を振りながら、莫迦にしたような口調で言った。

「あいつらはすぐに戻ってくる。恐竜なしに、蟻世界は存在することさえできない。ふん。神の力をほんとうに持っているのはだれなのか、あの虫けらどもに思い知らせてやる」

すでに門までたどりついていたラシーニは、その言葉を聞いてふりかえり、なにか言った。文字軍はただちに文章をつくった。

「それはまさに、蟻帝国があなたがたに思い知らせようとしていることですよ」

5　蟻の武器

「なんだって？　恐竜と戦争すると？　気でも狂ったのですか？　あいつらはあんなに大きくて、わたしたちはこんなに小さいのに……」

蟻の大臣が驚いて叫んだ。歯城市にある蟻帝国の宮殿で、帝国最高統帥機関は女王から竜蟻会談の経緯を聞かされたばかりだった。

「わが帝国はこんにちまで発展してきたというのに、いまだに個体の大小で力を計るような愚か者がいるとは！」帝国軍総司令官ドリラ元帥がそう言って女王のほうを向いた。「女王陛下、信じてください。帝国軍はあいつら鈍重なでくのぼうどもにかならず勝てます！」

「口だけならなんとでも言える」大臣が元帥に食ってかかった。「たしかに、あなたが率いる蟻軍は百戦錬磨だ。恐竜の船に乗って他の大陸に遠征し、戦ったこともある。しかし、それは未開の蟻コロニーとの戦争だ。もしわれわれより何百倍も大きい動物と戦ったら、一個師団であってもトカゲにすら勝てないだろう！」

女王は元帥に向かって触角でうなずいた。

「そのとおりです。ドリラ元帥、わらわが求めているのは机上の空論ではなく、具体的な戦略、戦術です。一週間後には戦争がはじまる。帝国軍はこの戦争をどう戦いますか？」

「千年以上にわたって医療サービスを提供してきたおかげで、恐竜の身体構造は手にとるようにわかっています」元帥は答えた。「帝国軍は恐竜の体内に進入し、急所を攻撃します。この種の作戦においては、小さいからこそ、蟻が優勢となります」

「どうやって進入するんだ？　やつらが寝ているときか？」ある大臣がたずねた。

元帥は触角を振ると言った。

「いや、道義上、わたしたちには先制攻撃ができない。恐竜に対する攻撃は、当然、戦場でおこなう」

「言うのは簡単だ！　しかし、戦場の恐竜は意識があるし、走っているだろう。どうやってその体に登る？　恐竜が立ち止まって蟻の兵士が足から登ることを許したとしても、やつらの鼻や口にたどり着くまでどれだけの時間がかかる？　部隊が恐竜の体内に入るころには、われわれの首都はとっくに踏み荒らされているだろう！」

元帥はその質問に答えず、最高統治機関にいる蟻すべてを見渡して言った。

「みなさん、先見の明があるラシーニ女王は、竜蟻同盟の決裂を早くから予見されていました。女王が即位されて最初に帝国軍に命じたのが、対恐竜作戦の準備だったのです。長期にわたる研究を経て、われわれは恐竜の攻撃に用いる新たな武器と作戦を考案しました。みなさん、宮殿の外までついてきてください。鍵となる二つの装備をご紹介します」

最高統治機関のすべての蟻が宮殿の外の広場に集まると、二十数匹の兵蟻が奇怪なかたちの装備を運んできた。長い台座に固定されたスリングショットのようだ。兵蟻が一斉にスリングショットのゴムをひっぱり、ゴムの中央の布製シートを台座の反対にある装置にひっかけて固定した。二十数匹の兵蟻がシートの上に登り、しっかり抱き合って、黒い弾丸となった。台座の横にいる兵蟻が小さな棒を思い切り引くと、固定されていた布製シートが解き放たれ、パーンという音とともに黒い弾丸が発射された。十メートルを超える高さまで飛んだ弾丸は、いちばん高いところで瞬時にばらばらになり、二十数匹の蟻の黒い体が陽光に輝きながらひらひらひらと舞い落ちた。

「この兵器は、蟻球投擲《とうてき》機です」ドリラ元帥が解説した。「先ほどのご質問に対する答えになるでしょう」

「ふん、無益なアクロバットとしか見えないな」ある大臣が納得できないという顔で言った。

「帝国軍たるもの、攻撃を旨とすべきだ」べつの大臣もそれに賛同した。「ドリラ元帥自身、作戦の要諦についてこう言っていたではないか。『攻撃、攻撃、また攻撃！』と。どうやらすっかり変わってしまったようだな。いまは『防衛、防衛、また防衛！』か」

「いいえ、帝国軍の戦略の基盤は攻撃です」とドリラ元帥が言った。

「どうやって攻撃する？　蟻球投擲機とかいうそのおもちゃが功を奏したとしても、それを使って巨石市を攻撃できないことは明らかだ。蟻の首都が攻撃されるのを待つしかない」

「しばしお待ちください。次に、恐竜都市を攻撃する武器をごらんにいれましょう」

元帥が触角を振ると、数匹の兵蟻が米粒のような黄色い小さなペレットをいくつか運んできた。兵蟻が一匹、体の向きを変え、そのうちのひと粒めがけて尻から蟻酸を一滴噴射した。すると一分後、小さな球はまばゆい白い光を放ちながら燃えはじめた。激しい炎は十秒以上のあいだ燃焼しつづけ、ようやく消えた。

「この武器は雷粒《らいりゅう》と言い、時間が来ると爆発する時限焼夷弾のようなものです。蟻酸を噴射することでタイマーがスタートします。タイマーは数秒から数時間まで設定できます。蟻酸が雷粒の外殻を腐食させると、燃焼がはじまります。この燃焼はきわめて温度が高く、可燃物すべてを燃やすことができます」

大臣たちは次々に否定的な顔で触角を振った。やがて、だれかが発言した。

「まったく、子どものおもちゃじゃないか。こんな小さな球が恐竜皇帝の頭を燃やしたって、せいぜい煙草の火でちょっと火傷したくらいの感覚しかないだろう、こんなもので巨石市を破壊できると？」

「じきに威力がわかりますよ」元帥は自信たっぷりに言った。

6　第一次竜蟻戦争

昨夜の大雨のあと、暗雲は散り、晴れ晴れとした朝を迎えた。果てしない蒼穹には雲ひとつなく、空気は澄みわたっている。昇ったばかりの太陽の光に照らされて、大地のすべてがくっきりと鮮やかに見える。白亜紀文明の命運を決するこの大戦のための舞台を大自然があつらえてくれたかのようだった。

戦争の舞台は、巨石市と歯城市のあいだにある広い平原だった。はるか地平線の彼方に恐竜帝国の首都がそびえ立ち、反対方向の地平線に目を向けると、蟻帝国の首都を望むことができる。

恐竜の兵士二千名が歯城に向かって方陣を組んで進軍している。歯城にいる蟻の目には、空の果てに天高くそびえる巨大な壁ができたように見える。恐竜同士のあいだで起こった過去の戦役とは違って、恐竜兵士は甲冑をつけず、武器も携行していなかった。彼らは、攻撃時には隊列を組んで蟻の都市を踏みつぶすだけでいいと言われていたのである。

恐竜の隊列の前方には、歯城市の一千万匹の蟻が百を超える隊列を組み、大地を真っ黒に染めていた。

恐竜の隊列の前で、一頭のティラノサウルス・レックスが沈黙を破った。陸軍少将イスタだ。イスタの声は雷鳴のように地平線に轟いた。

「虫けらども、恐竜帝国が定めた最終期限まであと十分だ。もしいま、歯城市の教会を解体し、巨石市に戻って仕事に復帰するなら、期限を延長してやろう。でなければ、帝国軍は攻撃に移る」

イスタ少将は右の前肢で無造作に軍勢を指した。

「この二千名の兵たちを見るがいい。これは帝国陸軍総兵力のわずか千分の一にすぎない。しかし、蟻帝国の首都を踏み潰すにはじゅうぶんだ！　おまえたちの歯城は、われわれの子どもが積み木のおもちゃでつくる町よりも小さい。子どもひとりの小便で都市全体が洪水に沈むだろう。わっはっは……」

死んだような沈黙が戦場に満ちた。白亜紀の太陽がゆっくりと静かに昇りつづけ、たちまち十分が過ぎた。

「攻撃開始！」

イスタ少将が大声で命令し、恐竜の隊列が進軍をはじめた。足並みをそろえて進む二千頭の恐竜の歩調に合わせて大地が震え、くぼみの水たまりには波紋が広がった。蟻の隊列はいまだ微動だにしない。

「ラシーニ女王、ドリラ元帥、どこにいるか見えないが、早く道をあけるよう命令しないと、貴軍の兵士たちはわが軍に踏み潰されて蟻ペーストになってしまうぞ！　わははは」

黒いじゅうたんのような蟻軍を見ながら、イスタが大笑した。そのとき、蟻の隊列の前方で波立つような動きが生じた。目を凝らすと、隊列の中から無数の小さな構造物が立ち上がるのが見えた。黒い地面に突如として生えてきた小さな草のようなそれは、十万もの蟻球投擲機だった。しかし、イスタはもちろん、その正体を知る由もない。小さな疑念を抱いたものの、進軍停止を命じるほどではなかった。

恐竜の隊列はなおも前進をつづけた。すると、蟻の隊列に二つめの驚くべき変化が起きた。なめらかな黒いじゅうたんの表面にとつぜん凹凸が生じたかと思うと、無数の小さな球に分裂したのである。イスタは、蟻の文字軍の驚くほど迅速な動きを思い出し、一瞬、眼前の一千万の蟻たちがなにか文章を綴るのかと思った。しかし、隊列はびっしり並ぶ小さな球の群れに変形すると、もう動かなかった。

恐竜の隊列はさらに前進し、蟻の隊列の先頭まであと十メートルの距離まで来た。そのとき、蟻球投擲機の構造がはっきりと見えた。それはゴムが限界ぎりぎりまで引き絞られた小型のスリングショットで、すべての蟻球が布製シートの上にセットされている。雨粒が湖面を叩くような、無数の小さな音がぱらぱらと鳴った。地面にたかる蠅の群れがなにかに驚いてぱっと散ったかのように、十万の蟻球が空中に発射された。真っ黒だった地面はたちまちもとの土色に戻り、空を覆い尽くした蟻球は、恐竜歩兵隊の前方数列の上まで飛んでくると、次々に割れてばらばらになった。ひとつの蟻球は数十匹の蟻から成る。蟻の大雨が空から降ってきた！　恐竜兵のまわりは落ちてきた蟻でいっぱいになり、気をつけないと、息を吸うとき鼻の中にまで入ってくる。恐竜はあわてて頭や体を叩きはじめ、隊列が乱れた。

イスタ将軍の頭に降り立った蟻の一部は前肢で払い落とされたが、分厚い皮膚の皺のあいだに隠れて掃討を免れた兵蟻もいた。将軍の前肢が体をはたくのに乗じて、数匹の兵蟻は恐竜のひたいの縁まで進み、イスタの目を探した。ティラノサウルスの広い頭の上を歩くのは、蟻にとって、縦横に谷間が走る高原を進むようなものだ。ただし、その谷間はブランコのように揺れている。蟻は放り出されないようにしっかり地面に爪を立てながら進んだ。頭のへりまで来ると、眼下には驚くような光景が広がっていた。たとえて言えば、泰山の山頂に立っているようなものだ。しかもその泰山は、二本の脚で大地を歩いている。さらにおそろしいことに、顔を上げると、まわりじゅうで千を超える泰山が歩いている！

兵蟻はイスタ将軍の右目がある場所をつきとめた。その巨大な目は凍った丸い池のようだった。半透明の湖面はわずかに膨らみ、下方に向かって大きく傾斜している。三名の兵蟻が、つるつるすべる凍った池の表面を慎重に進んだ。すこしでも気をゆるめると、氷のような角膜から滑り落ちてしまう。力強いペンチのような口で蟻たちが氷を噛むと、その刺激で恐竜の目から涙があふれた。池の氷上に押し寄せたその洪水が三匹の蟻を角膜の上から押し流した。

ティラノサウルスが目をこすっているあいだに、頭上にいたべつの三匹の兵蟻が鼻の穴からすばやく体内に進入した。鼻呼吸の強風が吹きすさぶなか、三匹の蟻は、恐竜を刺激してくしゃみを起こさせないように細心の注意を払いながら、入り組んだ鼻毛の林のあいだを抜けて慣れた足どりで進んでいった。二匹はほどなく鼻孔を抜けると、度重なる手術で何度も往復したおなじみのルートをたどって眼球の裏側に到達し、半透明の視覚神経に沿って、脳に向かって歩を進めた。ときおり薄い隔膜に行く手をふさがれたが、噛みちぎって小さな穴を穿ち、通り抜けた。その穴はごく小さく、恐竜はなにも感じなかった。

三匹の蟻はついに大脳に到達した。大脳は一個の神秘的な生命体のように、脳脊髄液の中に静かに浮かんでいる。注意深く探すと、大脳に血液を送る主要経路となっている動脈がすぐに見つかった。透明な管の中を深紅の血液が轟々と流れているのが見える。このとき、イスタの大脳は視覚神経と聴覚神経から伝わる大量の戦場情報を処理するために過負荷の状態だった。勢いよく流れる血液は大脳が働くためのエネルギーと酸素を供給している。三匹の蟻は、手術を執刀する脳神経外科医として何度もこの場所を訪れ、梗塞を起こした脳の血管から血栓をとりのぞいて、無数の恐竜の命を救ってきた経験の持ち主だった。しかしいまは、それと反対のことをしようとしている。

蟻たちは鋭い顎で血管の壁をひっかいた。迅速でていねいなその作業は、まさにプロの仕事だった。三本の深い傷が丸い円を描いてつながると、蟻は急いで撤退した。結果を見たくなかったからだ。経験豊富な執刀医である彼らは、なにが起こるかよく知っていた。蟻がその場を離れるとすぐ、血管の傷から血がにじみはじめる。そして高い血圧に耐えきれず、血管の壁が小さな円のかたちに破れ、穴が開く。血液の奔流がまるい穴から噴出し、脳漿の中に霧状に広がって、その赤がすべてを覆いつくす。血液の供給を絶たれた大脳はひくひく震えながら白っぽくなっていく……。

イスタはこのとき、混乱した戦場に向かって大声で命令を発し、攻撃隊形を新たに構築し直している最中だった。とつぜん目の前が真っ暗になり、世界が黒い霧の中でぐるぐるまわりはじめた。鼻孔の中を走っていた三匹の蟻は無重力状態に見舞われ、ついで激しい震動に襲われた。周囲の世界がひっくり返り、やがて動かなくなった。恐竜が地面に倒れたのだ。鼻孔の中では呼吸の疾風がストップし、遠くから伝わってくる心臓の低い鼓動も止まった。恐竜帝国陸軍のイスタ少将は戦死した。死因は脳溢血だった。

戦場の恐竜たちは、一頭また一頭と倒れていった。指揮官と同じように脳血管を攻撃されて死んだ恐竜もいれば、冠動脈解離や、脊髄神経の切断による麻痺に見舞われた恐竜もいる。蟻のほとんどは、恐竜の耳、鼻、口から体内に進入して攻撃した。それによって死傷した恐竜の兵士は三百以上。戦場のあちこちで巨大な体が倒れ、まだ息のある恐竜が洩らす、ぞっとするような悲しげなうめき声があたりにこだました。生き残った兵士はこの悪夢のようなひと幕に肝をつぶし、次々に戦場から逃げ出した。しかし、多くの恐竜の体内ではまだ兵蟻が攻撃をつづけていたため、恐竜たちは敗走の途中でばたばたと倒れていった。

＊＊＊

歯城市の攻撃にやってきた恐竜軍を潰走させると同時に、蟻帝国はもうひとつの巨大な軍事作戦に着手しようとしていた。

恐竜帝国の首都、巨石市では、蟻世界との戦争によって日常に大きな影響が出ることはなかった。蟻が姿を消したとはいえ、それほど時間が経っていないため、まだ深刻な問題が顕在化することもなく、細かい操作ができなくなったせいで日常生活に多少の不便が生じた程度だった。戦争に至っては、恐竜の大衆はまったく気にしていなかった。巨大で勇猛果敢な恐竜軍にとって、肉眼でやっと見えるかどうかの虫けらを踏み潰すことなどいともたやすい。砂場のおもちゃのごとき蟻都市を壊滅させるために二千名もの恐竜兵士を動かすというのは、鶏を割くに牛刀を用いるようなものだ。皇帝が蟻たちに恐竜帝国の力を誇示したいだけのことだろう。大衆はそんなふうに思っていたのである。

明けがた、帝国の首都はいつもと同じように目覚めた。街の東ゲートにあるバスターミナルでは、千台を超えるバスがそれぞれ首都の大通りに向かって走り出した。この時代、白亜紀文明はまだ石油の発掘と使用には至っておらず、自動車も鉄道の機関車と同じく重い蒸気機関を搭載し、屋根から轟々と水蒸気を噴き上げている。そのため、巨石市の市街は昼間もつねに蒸気が充満し、わたしたちのビルほどのサイズがある無数の巨大な車が霧の中を行き交っている。きょう、それらのバスには、恐竜の乗客以外に、昨夜のうちにこっそり乗車した客がいた。大量の兵蟻だ。いちばん数が多かったのは、都市を横断する大通りを走るバスに忍び込んだ蟻たちで、陸軍の一個師団がまるごと――ぜんぶで一万匹以上――乗っていた。彼らはドアのステップの裏、工具箱、車台、蒸気機関用の石炭庫など、目につかない場所に隠れた。この巨大な蒸気駆動バスの中では、蟻の一個師団が身を隠すことなど造作もなかった。

天を揺るがすような騒音と濃い霧に包まれた大通りを十分ほど走ると、バスは最初の停留所に着いた。数名の恐竜の乗客といっしょにバスを降りたのは、ステップの裏に張りついていた一個連隊二百名の兵蟻だった。兵士たちは全員が雷粒をひとつずつ口にくわえていた。通りに降り立った蟻の部隊は道端の石ころの隙間をこっそり前進した。小さな黒い体は濡れた路面では目につかず、霧の立ち込める大通りを歩く恐竜たちはまったく蟻に気づかなかった。隊列の上を恐竜が通過し、大きな体が陽光をさえぎって路面が一瞬暗くなることもあれば、蟻が隙間を進んでいる石畳を恐竜の大きな足が直接踏みつけることさえあったが、蟻部隊の前進を阻むものはなかった。

彼らは大きな建物の前までやってきた。建物の入口さえ、蟻にとっては雲に届かんばかりの高さで、上のほうは霧に包まれて視認できない。蟻部隊はドアと床の隙間から建物に進入した。

恐竜の建築は非常に大きく、蟻にとってはどれもひとつの世界のようだった。建物の中に入るといっても、広い平原に身を置くのと変わらない。その建物は倉庫だった。蟻は高く積まれた物品のあいだの広大な床を進んでいった。その世界は暗く、唯一の光源は、小さな高窓から射し込む陽光だった。蟻はすぐに目標を見つけた。巨大な木桶だ。恐竜文明はまだ電化時代に至っていないため、夜はオイル・ランプの明かりを使う。いま、蟻の頭上にそびえ立つのは、照明用の灯油の桶だった。蟻部隊は床のあちこちを捜索して、こぼれた油がわずかに浸み込んでいる箇所をいくつか見つけ出し、運んできた雷粒をそこに貼りはじめた。ほどなく、百を超える雷粒が設置された。兵士は尻を雷粒に向けると、連隊長の号令のもと、蟻酸を一滴ずつ同時に噴射した。蟻酸は雷粒の外殻をゆっくりと腐食させはじめた。タイマーの設定時刻は六時間後。雷粒は午後二時に発火する予定だった。

同じころ、巨石市を走る千を超えるバスが停留所に停まるたび、ひそかに乗り込んでいた蟻の部隊が下車し、さまざまな建物の内部に侵入した。正午までには、蟻帝国の陸軍百個師団の百万を超える兵士が巨石市のあちこちに潜伏して、それぞれが運んできた雷粒を燃えやすい場所に設置していた。百万を超える雷粒が巨石市の政府機関、デパート、学校、図書館、住宅などにばらまかれた。発火時刻はすべて午後二時に設定されていた。

＊＊＊

その朝、恐竜帝国の宮殿では、歯城市侵攻の戦場から敗走してきた将校によって、ウルス皇帝が目覚めさせられた。昨夜、皇帝はローラシア大陸から来た総督数名と夜っぴて歓迎パーティに興じ、明けがたようやく眠りについたばかりだった。イスタ将軍が戦死し、二千名の恐竜軍の過半数が死傷したと知らされた皇帝は、途方もないおとぎ話を聞かされた気分になった。抑えきれない怒りにかられて、職務怠慢の能なしどもを軍法会議にかける命令を下そうとしたが、そのときある騒動が起こり、蟻の脅威をまざまざと思い知ることになった。

騒動の主は、宮殿の侍従長だった。侍従長は一枚の布を手にして、皇帝の枕もとで悲鳴をあげたのである。

「この莫迦、余の枕カバーを持ってなにをしている？」ウルスは侍従長を叱責した。けさは、まわりの人間がみんな愚かな役立たずになっている。全員死刑だ。

「へ……陛下。たったいま、これを見つけました。ごらんください――」

侍従長が枕カバーを捧げ持ち、ウルスの前にやってきた。枕カバーには、無数の蟻が食い破った小さな穴で文字がつづられていた。それは、宮殿に潜入した蟻たちが、皇帝が熟睡しているあいだに枕元までやってきて記したメッセージだった。

われわれはいつでもおまえの命を奪える！

それを読んだ皇帝ウルスは全身にさむけを感じて身震いした。幽霊でも見たような表情であたりを見まわす。その場にいた他の恐竜も、あわてて腰をかがめ、あちこち探したが、蟻の痕跡を見つけることはできなかった。枕カバーの文字だけが、まちがいなく蟻たちがここに来たことを証明している。恐竜たちは知る由もなかったが、宮殿に潜入した蟻の部隊は、文字だけでなく、千を超える雷粒も残していた。恐竜の肉眼では見えにくい、黄色い小さなペレットは、蚊帳、ベッドの足、ソファ、豪華な巨大木製家具、山のように積まれた書類の中などに設置され、その外殻は蟻酸によってゆっくりと腐食しつつある。巨石市の各所に仕掛けられた他の百万以上の雷粒と同じく、発火時刻は午後二時に設定されていた。

恐竜帝国陸軍大臣は体を起こし、皇帝に向かって言った。

「陛下、前々から申し上げていたとおりです。異なる生物との戦争においては、大きいものには大きいなりの威力があり、小さいものには小さいなりの強みがあります。蟻を軽視しすぎてはいけません」

「次はどうする?」ウルスはため息をついてそうたずねた。

「ご安心ください。参謀部が早くから準備しています。帝国軍は日が暮れるまでに歯城市を踏み潰すでしょう!」


***

失敗に終わった第一次攻撃の三時間後、恐竜軍は歯城市に対して第二次攻撃を仕掛けた。攻撃する兵力はやはり二千頭の恐竜で、最初と同じように方陣を組んで歯城に向かって前進していた。前と違うのは、すべての恐竜が頭に金属製の大きなヘルメットをかぶっていることだ。

歯城市の蟻防衛軍は前回と同じ戦術で迎え撃った。蟻球投擲機が数十万の蟻を恐竜の隊列上空に発射し、天から蟻の雨を降らせた。しかし今回、恐竜の頭に降りた蟻の兵士は、敵の体内に進入することができなかった。金属のヘルメットは恐竜の頭部をぴっちり包んでいた。フェイスシールドはガラス製で、呼吸口は鉄の糸を細かく編んだ網で覆われていた。すべての部品の接合部は隙間なくふさがれ、首筋はロープできつく結ばれ、蟻に侵入されないよう頭部を厳重に保護していた。

蟻軍のドリラ元帥も、一頭のティラノサウルス・レックスの頭上に降り立ち、足元のヘルメットを仔細に観察して、後悔の念にかられた。二カ月前、蟻の職人がこのヘルメットの製作に参加して、呼吸口を覆う緻密な鉄糸の網を織り上げた。このとき、恐竜の雇い主は養蜂に使うヘルメットだと説明していた。どうやら蟻世界と同じく、恐竜帝国も早くから秘密裏に蟻との戦争の準備を整えていたのだろう。

蟻雨攻撃が失敗に終わると、蟻軍は第二防衛ラインで弓矢を使って恐竜の進軍を止めようと試みた。百五十万の蟻が一斉に矢を放つと、細く小さな矢の束が風に吹かれた砂埃のように恐竜の隊列に向かって飛んでいった。しかし、山のように高く大きな恐竜兵士に対してはまったく殺傷力がなく、細い矢は恐竜のざらざらした硬い皮膚にぶつかって次々と落下し、地面に分厚く降り積もった。

恐竜の隊列は蟻の群れに踏み入り、次々と死の足跡を残していった。足跡ひとつに千を超える蟻が踏み潰されていた。踏まれて命を落とさなかった蟻は、恐竜の巨大な体が頭上を通り過ぎて、歯城のほうに向かっていくのをただ見送るほかなかった。

恐竜の隊列は蟻の都市に突入すると、踏んだり蹴ったり、狂ったように蹂躙した。歯城市の建物のほとんどは恐竜の太腿ほどの高さしかなく、その巨大な足が次々と蟻の高層ビルを踏み潰した。ドリラ元帥は数名の兵蟻とともに、ティラノサウルスの体内への進入口を見つけようとヘルメットの上を行ったり来たりしていた。高所から見下ろすと、恐竜が踏んだところはすべて廃墟となり、一部はまだ燃えていた。そこから眺めると、恐竜の目に映る歯城がどんなにちっぽけなものか、まざまざと実感できた。

ティラノサウルスは蟻帝国貿易センターの前までやってきた。高さ三メートルのこの摩天楼は蟻帝国でもっとも高い建物で、蟻の建築技術の誇りだったが、巨大なティラノサウルスの寛骨までしか届かない。ティラノサウルスがしゃがむと、その頭部も急に低くなり、蟻たちは一瞬、無重力を感じた。ヘルメット平原の地平線の先に摩天楼の先端が現れる。恐竜はビルに顔を近づけて数秒のあいだじっと観察していたが、おもむろに大きな前肢で高層ビルの下のほうを摑むと、一気に地面から引っこ抜いた。背すじを伸ばし、おもしろいおもちゃを手に入れた子どものように、手にしたビルを興味深げな目でつぶさに眺めた。恐竜の頭上にいる蟻たちも、宙に浮かぶビルをじっと見つめた。つややかなブルーブラックの外壁に青い空と白い雲が映り、無数のガラス窓が陽光を浴びてきらきら輝いている。思い起こせば、学校に入って最初の授業で、先生といっしょにこの高層ビルの最上階に登り、歯城市の全景を見下ろしたものだった……。

ティラノサウルスが前肢で持ったビルをためつすがめつしながらいじりまわしているうち、長いビルは真ん中あたりでぽっきり折れてしまった。恐竜はなにか罵り言葉を口にすると、二つに折れたビルを放り投げた。半分半分になったビルはそれぞれ放物線を描いて高く飛び、遠くのビル群のあいだに落ちて、まわりのビルをいくつもなぎ倒した。

二千頭の恐竜に踏み荒らされ（恐竜はサイズが大きすぎて、全兵士が歯城市内に入ることさえできなかった）、蟻帝国は数分のうちに小さな瓦礫の一角と化した。

恐竜兵たちは歯城市の廃墟の上を舞う黄色い埃の中で歓呼の声をあげた。しかし、この勝利の歓声は長くつづかず、すぐに静まった。恐竜たちは全員、巨石市の方向を茫然と見つめていた。

恐竜帝国の首都から、黒い煙の柱が何本も立ち昇っていた。

＊＊＊

ウルスは侍従たちに守られ、煙の立ち込める宮殿から逃げ出そうとしているとき、あわてふためいてやってきた内務大臣に出くわした。

「たいへんです、陛下。街全体が燃えています！」内務大臣が叫んだ。

「消防隊はどうした？　早く消火しろ！」

「街全体が燃えています。全員が出動しても、宮殿の消火しかできません！」

「だれが火をつけた？　蟻か？」

「ほかにだれが？　午前中、百万を超える蟻が街に潜入したのです！」

「死に損ないの虫けらめ、どうやって火をつけた？」

「これです、陛下――」

内務大臣が紙包みを広げて皇帝に見せた。ウルスは紙をしばらく見つめたが、なにも見えなかった。大臣がルーペを渡すと、ウルスはようやく紙の上の雷粒を見分けることができた。

「これは、パトロール中の警官がけさ拘束した蟻から押収したものです」

「なんだこれは？　蟻の糞か？」

「ミニチュアの時限発火装置です。蟻酸で点火し、設定した時刻に発火します。百万以上のこうした装置が、当市の各所の可燃物に仕掛けられています。少なくとも五分の一がすでに発火し、巨石市のおよそ二十万箇所で火災が広がっています。帝国全土の消防隊を招集しても、これだけの火災をすべて鎮圧することは不可能です！」

ウルスは黒煙で覆われた空を茫然と眺めた。言葉が出ない。

「陛下、選択の余地はありません。首都を捨てましょう」内務大臣がささやいた。

＊＊＊

夜のとばりが降りるころには、巨石市は一面、火の海になっていた。炎が夜空を照らし、ゴンドワナ大陸の中部平原に偽りの夜明けをもたらした。市外の道路は街を捨てて逃げ出す恐竜とその巨大な車列でいっぱいだった。恐竜たちの目には炎と恐怖が映っていた。帝国皇帝ウルスと大臣数名は小さな山の上に立ち、燃え上がる帝都を長いあいだじっと見つめていた。

「ゴンドワナ大陸の帝国陸軍に命令する。ただちにすべての蟻の都市を攻撃し、徹底的に破壊せよ。そして、高速ヨットをすべての大陸に派遣し、命令を伝えろ、すべての大陸の帝国陸軍に同様の行動をとるよう命じる。地球上のすべての蟻世界に致命的な打撃を与えるのだ！」

＊＊＊

こうして、蟻と恐竜の戦争はつづいた。戦火はたちまちゴンドワナ大陸全体に広がり、一ヵ月後には他の大陸にも飛び火して、地球全体を巻き込む世界大戦となった。戦争は二つの世界に甚大な被害をもたらした。恐竜の都市はどこも火の海となり、蟻の都市はすべて恐竜の足の下でぺしゃんこになった。

　蟻は恐竜都市を攻撃するのと同時に、恐竜が農耕や牧畜をおこなっていた草原や田畑や森林にも放火した。広大な地域に一千万を超える雷粒が仕掛けられ、恐竜の消防隊をもってしても、時限発火によって同時多発的に生じた火災を消火することはできなかった。森林や草原の大火はすべての大陸に蔓延し、もうもうと上がる煙が太陽をさえぎって、生態系に深刻な被害をもたらした。田畑や草原、森が焼けると、地球全体に広がった大火で大気層に煙が充満し、地面を照らす陽光の量が急激に減少した。そのため農作物の生産量は大幅に下降し、食べものの消費量が多い恐竜は飢餓状態に陥った。また、無数の蟻の小部隊があちこちで恐竜を襲い、体内に侵入して攻撃したため、恐竜たちは震え上がり、つねにヘルメットをつけ、眠るときでさえ外さなくなった。小さな蟻は、恐竜の巨大な家にいつでも出入りできるからだ。

　その一方、蟻世界も恐竜による致命的な攻撃を受けていた。ほぼすべての蟻都市が破壊されたため、蟻はふたたび地下に戻るしかなくなった。それでも、大型の地下基地はしばしば恐竜に見つかって破壊された。恐竜は大量の化学兵器を使用し、恐竜には無害だが蟻には命に関わる毒物をあちこちに散布して、蟻を大量に殺戮し、また彼らの活動範囲を大幅に制限した。蟻文明には長距離移動の手段がなく、それまでは恐竜の交通機関を借りて帝国のさまざまなエリアに旅していたが、蟻に対する攻撃の威力が増すにつれてそれも困難になり、蟻世界は地域ごとに孤立し、蟻帝国は瓦解を余儀なくされた。

しかし、戦争はもっと重大な結果を招いた。白亜紀文明は竜蟻同盟を基盤にしていたので、この同盟が決裂することで、二つの世界の社会生活は壊滅的な影響を受けた。進歩が完全にストップしたどころか、後退の兆しすら現れた。白亜紀文明は危機に瀕していた。

世界規模の戦争に、蟻と恐竜は持てる全兵力を投入したが、どちらも戦場で絶対的な優位を得ることはなく、竜蟻戦争は長期的な消耗戦となった。そして、二つの帝国の最高統治機関はある現実に気づいた——この戦争の最終的な結末は、偉大なる白亜紀文明の崩壊しかありえない。

＊＊＊

戦争は五年めに入り、停戦協議がはじまった。中でも決定的な役割を果たしたのが、恐竜帝国皇帝と蟻帝国女王の歴史的な会談だった。

その会談は、巨石市の廃墟でおこなわれた。五年前、戦争の引き金となったあの竜蟻会談が開かれた場所では、壮麗だった宮殿が大火によって焼け落ち、いまや壁や垣しか残っていない。壁の隙間からは、煙の煤で黒くなった建物の残骸が遠くまで広がっているのが見えた。五年前に破壊されたこの都市は、すでに雑草や蔦に覆われ、周囲の森に呑み込まれようとしている。太陽は、山火事に焼かれて彼方で煙を立ち昇らせている森の背後に見え隠れし、ゆらゆらと変化する光と影で広々とした宮殿の廃墟を満たしていた。

「よく見えないが、あなたはラシーニ女王ではないようですね」ウルスは足元の蟻女王が立つ場所を見ながらたずねた。

「先王はすでにみまかりました」蟻帝国の女王が言った。「わたしたち蟻の寿命は短いのです。わたしはラシーニ二世です」

今回、女王はおよそ一万名の文字軍しか連れてきていないため、ウルスは蟻がつくる文字を読むために身をかがめなければならなかった。

「戦争は終わりにすべきだと思っています」恐竜帝国皇帝ウルスが言った。

「同意します」ラシーニ二世が言った。

「もしこのまま戦争がつづいたら、蟻はまた、動物の骨に残る肉を探して、それを小さな穴に引きずって帰るような、ろくでもない虫としての生活に戻ることになる」とウルスは言った。

「もしこのまま戦争がつづいたら、恐竜はまた、空腹を抱えて森をうろつき、同類を引き裂いて食べる生活に戻ることになる」とラシーニ二世は言った。

「では、ラシーニ女王、戦争終結に対する具体的な提案はありますか?」ウルスは足元の、女王が立っている場所に向かってたずねた。

「戦争の原因から話しましょう、ウルス皇帝。恐竜も蟻も、そのほとんどは、もう原因を忘れてしまっています」

「わたしは覚えている。神の姿かたちの問題だった——神は蟻の姿か、それとも恐竜の姿か」ウルスが言った。「恐竜帝国でもっとも優秀な学者がこの数年、ずっとこの問題を研究してきたが、新たな結論が得られた。神は蟻の姿でも恐竜の姿でもない。神にはかたちがない。風のように、光のように、空気のように世界に満ちている。一粒の砂、一滴の水にもその影が見出せるのです」

「蟻にはあなたがたのような複雑な脳はありませんから、そのような深い哲学的な思考をするのは困難です。しかし、わたしはその結論に同意します。神はたしかにかたちがないと、われわれは直感で悟りました。蟻世界ではすでに偶像崇拝が禁止されています」

「恐竜帝国でも偶像崇拝を禁止しました。それでは女王、蟻と恐竜は同じ神を崇めている。そう言っていいでしょうか？」

「それでかまいません、ウルス皇帝」

＊＊＊

かくして、第一次竜蟻戦争は終わった。それは、勝利者のいない戦争だった。戦後まもなく、竜蟻同盟が回復し、廃墟の上に新たな都市が築かれた。崩壊の瀬戸際にいた白亜紀文明は、灰の中から再生した。

7　情報化時代

時間は飛ぶように過ぎ、また千年が経った。

白亜紀文明は、電気時代、原子力時代を過ぎて、情報化時代に入っていた。

いま、恐竜の都市は、蒸気機関時代の都市よりもずいぶん大きくなっている。高さ一万メートルを超えるビルが林立し、その屋上からは、飛行機の窓からの眺めのように、雲海が広がっているのが見えた。巨大な高層ビル群は雲を貫いてそびえ立ち、雲が多い日は、万里の先まで晴れ渡った上層階のオフィスにいる恐竜が一階の警備員に電話で天気を問い合わせ、退勤時に傘が必要かどうかたしかめるのがつねだった。ちなみに彼らの傘は、わたしたちの世界におけるサーカスのテントのように大きい。彼らの車はわたしたちの一軒家くらいのサイズで、運転すると地面が小刻みに揺れた。彼らの飛行機はわたしたちの大型客船並みに大きく、雷雲のように空を横切り、地面に大きな影を落とした。恐竜は宇宙にも進出し、地球外の探査に赴いた。静止軌道上に数多く打ち上げられた彼らの衛星や宇宙船は途方もなく巨大で、地上からそのかたちがはっきり見分けられるほどだった。

地球全体にいる恐竜の数は蒸気機関時代の十倍以上に膨れ上がっていた。彼らは食べる量が多く、使うものも大量だったため、恐竜社会は物資の消耗量がとてつもなく大きかった。そうした物資は、膨大な数の巨大農場と工場によって生産される。工場では原子力で動く大型機械が稼働し、空はもうもうたる煙に覆われていた。生産規模は信じられないほど大きく、エネルギーや原材料や経済をまわして恐竜社会を円滑に運営するのはおそろしく複雑な計算が必要とされ、コンピュータが不可欠だった。それらのマシンはネットワークで相互接続されていたが、彼らのコンピュータのキーボードはひとつのキーがわたしたちのコンピュータ・ディスプレイくらい大きく、彼らのディスプレイはわたしたちの家の壁くらいのサイズだった。

それと同時に、蟻の世界も高度情報化時代に入っていた。蟻世界のエネルギー事情は恐竜世界のそれとはまったく違う。彼らは石油や石炭を使わず、風力エネルギーと太陽エネルギーを利用した。蟻の都市にはおびただしい数の風力発電機があり、その外見や大きさは、わたしたちの世界で子どもが遊ぶ風車《かざぐるま》に似ている。都市の建築物の外壁には光沢のある黒い素材が使われていたが、それはすべて太陽電池だった。

蟻世界におけるテクノロジーでもうひとつ重要なのは、バイオエンジニアリングによって製造される筋肉機関だ。見たところ太いケーブルのようなこの筋肉は、栄養液を注入するとさまざまな比率で伸縮し、動力を生み出す。蟻の車や飛行機はこの筋肉機関を動力に採用している。

蟻世界にもコンピュータがあった。米粒サイズの丸い粒で、恐竜のコンピュータと違ってどんな集積回路もなく、すべての計算は複雑な有機化学反応によっておこなわれる。蟻のコンピュータにディスプレイはなく、計算結果をにおい物質で化学的に出力する。非常に複雑で繊細なそのにおいを識別できるのは蟻だけで、彼らはその情報を数値や言語、画像に翻訳することができた。こうした粒状の化学コンピュータは、やはり広大なネットワークを構築しているが、コンピュータ同士を接続するのは光ファイバーでも電磁波でもなく、におい物質だった。コンピュータは他のコンピュータとにおい言語で情報をやり取りする。

この時代の蟻社会の構造は、わたしたちがこんにち目にする蟻の群れとは大きく異なり、むしろ人類社会によく似ていた。バイオエンジニアリングで産卵するため、子孫を残す際に女王蟻が果たすべき役割はほとんどなく、蟻社会における女王蟻の地位や重要性は、わたしたちの世界の女王蟻とくらべてはるかに低かった。

＊＊＊

第一次竜蟻戦争が終わってから、蟻と恐竜、二つの世界がふたたび大きな戦争を起こすことはなかった。竜蟻同盟は長くつづき、白亜紀文明の平穏な発展の基盤となった。

情報化時代に入ってから、恐竜は蟻の細かい作業技能にさらに依存するようになり、恐竜世界のすべての工場で膨大な数の蟻が働いていた。彼らの主な仕事は、恐竜の労働者にはつくれない微小部品の製造や、精密機器の操作と修理だった。

恐竜社会で蟻が重要な役割を果たしているもうひとつの分野が医学だった。恐竜の手術はすべて、蟻の医師が患者の巨大な体内に入っておこなう。蟻の医学界は、極小のレーザーメスや、恐竜の血管内を航行して血栓をとりのぞくミクロ潜航艇をはじめ、多くの精密な医療機器を開発した。

蟻が恐竜とコミュニケーションをとるには、もはや文字軍が隊列を組んで字をつくる必要はなく、一種の電子翻訳機が蟻のにおい言語を恐竜の声で恐竜の言葉に翻訳する。万を超える兵蟻が文字をつくっていた特異なコミュニケーション方法は、時とともに古い神話となっていった。

＊＊＊

ゴンドワナ大陸の蟻帝国は全大陸に散らばる未開のコロニーを統一し、地球の蟻世界すべてを統べる蟻連邦が誕生した。

それと反対に、もともと統一されていた恐竜帝国は複数に分裂した。ローラシア大陸が独立し、巨大な恐竜国家、ローラシア共和国を建国した。その後、数千年にわたる拡張を経て、ゴンドワナ帝国は現在のインド、南極、オーストラリアを併合し、ローラシア共和国はアジアとヨーロッパに版図を広げた。ゴンドワナ帝国にはティラノサウルス・レックスが多く、ローラシア共和国の主な恐竜はタルボサウルス・バタールだった。領土拡張をつづける長い歴史の中で、両国のあいだには何度も戦争が起きた。蒸気機関時代後期、両国の軍隊は巨大な艦隊でゴンドワナとローラシアの両大陸をへだてる海峡を渡り、たがいの領土を攻撃した。大規模な戦闘がくりかえされて、広大な平原に百万を超える恐竜が死体の山を築き、血の雨を降らせ、天地を赤く染めた。その後、恐竜世界は電気時代に入り、すべての大陸にまたがる恐竜世界大戦が何度か起きた。そうした戦争のたびに、大部分の都市が火の海となり、廃墟になった。

しかしこの二百年、原子力時代の到来にともない、戦争は絶えていた。これはひとえに、核の抑止力が働いた結果だった。二つの大国は大量の熱核兵器をストックしており、ひとたび戦争がはじまれば、核爆弾が地球を生命のない溶鉱炉《ようこうろ》に変えてしまう。共倒れになって滅亡する恐怖から、白亜紀の地球はナイフの刃の上を歩くような平和を維持していた。

＊＊＊

時が流れ、恐竜社会は急激に膨張し、個体数が飛躍的に増加して、大陸は窮屈になった。環境汚染と核戦争という二大脅威が日に日に迫り、蟻と恐竜、二つの世界にふたたび亀裂《きれつ》が入って、白亜紀文明はいま、不吉な暗雲に覆われていた。

8　竜蟻サミット

蒸気機関時代以来、年に一度の竜蟻サミットはとぎれることなくつづき、白亜紀世界における もっとも重要な会議となっていた。このサミットは、恐竜と蟻の首脳が顔を合わせ、二つの世界の関係と世界が直面する重要な問題について話し合うためのものだった。

今年の竜蟻サミットはゴンドワナ帝国の世界ホールで開催された。このホールは白亜紀世界でいちばん大きな建物で、内部空間の広さたるや、そこだけで独立した気候が観測されるほどだった。巨大なドーム状の天井にはしばしば雲が出現し、雨や雪が降った。場所によって気温の差があり、風も吹いた。こうした現象は、恐竜建築家がこの超巨大建築を設計したときには思いもかけなかったことだ。ホール内のこうした気象条件のおかげで、中にいても外にいてもたいした違いはなくなり、ホールは本来の意味を失った。過去のサミットでも何度か雨や雪が降り、ホールの中央に臨時の小さな会議室を設営しなければならなかったこともある。しかしきょう、世界ホール内の天気は上々で、半球形の空にはさんさんと輝く小さな太陽の群れのように百を超える巨大な照明が光を放っていた。

ゴンドワナ帝国皇帝とローラシア共和国総統をはじめとする二つの恐竜代表団は大きな円卓を囲んで座っていた。ホール中央に置かれた円卓はわたしたちのサッカー・フィールドほどの大きさがあったが、ホール内の広大な平原にあっては、ごくちっぽけに見えた。蟻連邦のカチカ最高執政官が率いる蟻代表団は到着したばかりだった。彼らの飛行機はしなやかな白い羽のように円卓中央に向かって優雅に飛んできたが、円卓の端を通るさい、恐竜たちが飛行機に向かって息を吹きかけると、羽は上下にひらひらと揺れ、恐竜はそれを見て大笑いした。これは、竜蟻サミットで毎年のようにくりかえされる伝統的ないたずらだった。飛行機から円卓に転落した蟻もいたが、体が軽いので怪我をすることはない。とはいえ、彼らが円卓の中央まで歩いてたどり着くには長い時間がかかった。

それ以外の蟻たちは必死に飛行機の安定を保ちながら、円卓の中央にセットされたクリスタルの皿の上に降り立った。これが竜蟻サミットにおける彼らの席だった。円卓のまわりにいる恐竜にとっては、距離があるため、肉眼では蟻の姿がよく見えないが、カメラが皿を撮影し、蟻の映像を拡大して、円卓のかたわらにある巨大なスクリーンに投射している。恐竜と同じ大きさに拡大された映像では、金属的な質感を持つ虫たちの体はパワフルな戦闘マシンのようで、恐竜より勇猛で強そうに見えた。

サミットの議長は、背中に長い骨板があるステゴサウルスだった。議長が開会を宣言すると、会場が静まり、出席者全員起立して、彼方に立つポールに高く掲揚された白亜紀文明の旗に敬意を表した。この旗には、さまざまな恐竜の特徴を総合した一頭の大きな恐竜が朝日に向かって立つ姿が描かれ、その横に、たくさんの蟻でできた、恐竜と同じくらい大きな蟻が立っていた。

会議はすぐに最初の議題に入った。全地球が直面する重大な危機に関する一般討論だ。

蟻連邦最高執政官カチカが最初に発言した。細長い体のツヤオオズアリは触角を振りながらにおい言語を発し、それが翻訳機によって恐竜言語に訳される。

「われわれの文明は崖っぷちまで来ています！」カチカは言った。「恐竜世界の重工業は地球を破壊しつつあります！　生態系が破壊され、大気は黒煙と毒素に満ち、森や草原は猛烈なスピードで消失しています。最後に開発された南極大陸は、完全に砂漠化した最初の大陸となりました。他の大陸も同じ運命をたどろうとしています。いま、この略奪的な開発は海に向けられています。現在の乱獲と汚染のスピードを考えると、半世紀も経たないうちに、地球の海洋は死の海となるでしょう。しかし、核戦争がもたらすリスクにくらべれば、それらの問題はすべてとるに足りません。現在、この世界は、核の脅威がもたらす平和の中にありますが、地獄の炎にあぶられるロープの上で綱渡りしているようなものです。全面的な核戦争がいつ起きてもおかしくない。二つの恐竜大国が保有する核兵器は、地球上のあらゆる生命を百回絶滅させてもあまりあるほどの量です」

「新鮮味のない話ですな」体の大きなタルボサウルス、ローラシア共和国総統ドドミが口もとを歪め、憮然とした口調で言った。

「これらすべては、あなたがたが莫大な量の自然資源を消費するからです」カチカはドドミ総統を指さし、「あなたが一回に食べる食糧は、蟻の大都市が一日で消費する量です。なんと不公平な世界でしょうか！」

「ははは、小さな虫さん、それは屁理屈というものですぞ」屈強なティラノサウルス、ゴンドワナ帝国の皇帝ダダスが雷の轟くような声で言った。「われわれはこれだけ大きな体をしている。ほかにどうしろと？　まさか餓死しろとでも？　生きるためには、消費せざるをえない。そのためには重工業とエネルギーが必要だ」

「それなら、クリーンな再生可能エネルギーを使用すべきです」

「無理な相談ですな。蟻が使う風車やソーラーパネルがつくるわずかな電力では、腕時計を動かすにも足りない。恐竜社会はエネルギー大量消費社会だ。石炭や石油、それにもちろん原子力を使わなければならない。汚染は避けられません」

「あなたがたは個体数をコントロールできる。個体数を抑制すれば、エネルギー消費を減らせます。いま、地球全体で恐竜の個体数は七十億を超える。これ以上増やすことは許されません！」

ダダスは首を振った。

「繁殖は生命の本能であり、膨張と拡張は文明の本質ですよ。国家の力を維持するには、それだけの個体数が必要なのです。もしローラシアが恐竜の卵を割っていいと言うのなら、ゴンドワナも割るでしょう。ローラシアが割った数だけわれわれも割りましょう」

「しかし皇帝、ゴンドワナの恐竜の数はローラシアより四億も多いのですぞ！」ドドミが反論した。

「総統、ローラシアの個体数増加率はゴンドワナを三パーセントも上回っている！」ダダスが言った。

「大自然は、節度なく消費するみなさんの数が際限なく増えることを絶対に許容しません。実際に災厄が起きるまでそのことが理解できないのですか？」カチカは二本の触角でドドミとダダスを指した。

「わはは、災厄？　恐竜という種属は数千万年も生き延びてきた。起きていない災厄などあるものか」ドドミ総統は大笑いしながら言った。

「そのとおり。もし災厄が起きても、道は開ける。運命に任せるのが恐竜の本質です。もしなにか起きれば、正面からそれと向き合う。われわれはなにものも恐れない種属なのです！」ダダス帝が前肢を振って言った。

「では全面核戦争も恐れないと？　すべてが破滅する時が来たら、わたしには道など見えません」カチカが言った。

「ああ、それについてはわたしたちも同意見ですよ、虫さん」ダダスはうなずいた。「われわれとて、核戦争は好まない。しかし、ローラシアがあれだけ核を装備している以上、いたしかたない。もしローラシアが先に核兵器を破壊するなら、われわれも破壊しましょう」

「はっはっは。ありえない」ドドミはダダスを指して嘲笑った。「まさか、ローラシアがそんな話を信用するとでも？」

「ローラシアが先に核兵器を破壊するのは当然です。あなたがたの祖先が核兵器を発明したのだから」

「しかし、核弾頭を装備した大陸間弾道弾を最初に開発したのはゴンドワナの……」

カチカが触角を振って議論をさえぎった。

「数百年前のことを蒸し返してなんの意味がありますか？　わたしたちが向き合わなければならないのは、いまここにある現実です！」

「いまここにある現実とは、ローラシアは核兵器だけが頼りだということです」ダダスが言った。「核兵器がなければひとたまりもない！　あのはるか昔のウィラー平原戦役を覚えていますか？　ゴンドワナの先帝が二百五十万のティラノサウルスを率いて南極大陸で戦い、ローラシアのタルボサウルス五百万を一頭残らず殲滅した。その証拠は、いまも南極大陸にある。ローラシアの恐竜の骨で築かれたあの巨大な山を見るがいい！」

「それを言うなら、巨石市の第二次殲滅を思い出してください」ドドミが言い返した。

「ローラシア空軍のプテロダクティルス四十万がゴンドワナの首都上空に侵攻し、百万を超える焼夷弾を投下した。ローラシア陸軍が市内に進軍するころには、ゴンドワナの恐竜たちは一頭残らず黒焦げの焼き肉になっていました」

「まさにそれがローラシアのやり口だ！　ローラシアの臆病な恐竜は、面と向かって戦う勇気がないから、空中から奇襲をかけるしか勝つすべがない。ふん、卑怯で哀れな恐竜どもめ！」

「では皇帝、どちらがほんとうに哀れな恐竜なのか、いまここではっきりさせようではないか！」

ドドミ総統はそう言うなり円卓の上に飛び乗り、二本の前肢の鋭利な鉤爪を高く掲げると、ダダスに飛びかかった。ゴンドワナの皇帝もそくざに円卓に飛び乗って応戦した。他の恐竜は止めようともせず、円卓のまわりで興奮した声援を送っている。国際会議で殴り合いの喧嘩が発生するのは恐竜世界では日常茶飯事で、蟻たちもそれをとがめることなく、いままでの喧嘩のときと同じく、恐竜に踏まれないよう、頑丈なクリスタルの皿の下にすぐに隠れた。クリスタルの皿の下から見上げると、とっ組み合う二頭の恐竜は、二つの回転する山のように見えた。円卓が激しく揺れる。体重とパワーではダダスが優勢だったが、敏捷性はドドミが上だった。

「もう喧嘩はやめて！　みっともない！」やがて、たまりかねた蟻たちがクリスタルの皿の下から叫ぶと、翻訳システムがそれを恐竜語の音声に翻訳した。二頭の恐竜は勝負がつかないまま喧嘩を中断し、息を切らしながら円卓から降りて自分の席に戻った。体には大小さまざまな傷がついている。二頭はなおも相手をにらみつけていた。

「それでは、次の議題に移りましょうか」議長が言った。

「いいえ！」カチカがきっぱりと言った。「今回のサミットに他の議題があるわけがない！　わたしたちの世界の存亡の危機が解決されていないのに、他の議題にどんな意味がありますか？」

「しかし、最高執政官閣下、この数十年、竜蟻サミットはいつも環境汚染と核の脅威について議論してきましたが、一度たりとも結果が出ていません。この問題はすでに、時間を浪費するだけの、だれもがうんざりする恒例行事になっています」

「でも、今回は違います。みなさん、信じてください。今回のサミットは、地球文明にとってもっとも重要な議題に結論が出るでしょう」

「そこまで言うなら、つづけてください」

カチカはしばらく黙り込み、会場の話し声がやむのを待って、厳粛な態度で言った。

「それでは、蟻連邦第一四七号宣言を読み上げます。地球文明存続のため、蟻連邦はゴンドワナ恐竜帝国とローラシア恐竜共和国に対し、以下の三項目を要求する。

その一、今後十年のあいだ繁殖を停止し、恐竜個体数の純減を実現すること。十年後、繁殖を再開したときには、出生率を死亡率よりも低く保つことで個体総数の減少を維持し、一世紀にわたってそれをつづける。

その二、ただちに重工業の三分の一を操業停止にすること。恐竜個体数の減少にともない、今後十年以内に、さらに三分の一をじょじょに停止し、最終的に環境汚染を地球の生物圏が受容できるレベル以下まで低下させる。

その三、ただちに核兵器を全面廃棄すること。具体的な廃棄方法については、蟻連邦の監督のもと、大陸間弾道ミサイルによって、すべての核弾頭を宇宙に発射するものとする」

恐竜から、低い笑い声がいくつか漏れた。ドドミは大きな前肢でクリスタルの皿を指して言った。

「あなたがたはこの宣言をもう何十回と発表してきた。まだ飽きないのですか？　カチカさん、その内容では、偉大な恐竜文明を窒息させてしまう。そんな荒唐無稽な要求をわれわれが受け入れるとは、あなたただって思っていないでしょう」

カチカは触角でうなずいた。

「もちろん、わかっています。恐竜がこの要求を呑むことはない」

「それでは」議長が背中の骨をカタカタ揺らしながら言った。「もっと現実的な次の議題へと移りたいと思います」

「待ってください、まだ終わっていません」カチカが言った。「もし、以上の要求が満たされなかった場合、地球文明存続のため、蟻連邦は行動を起こします」

恐竜たちはぽかんとして、顔を見合わせた。

「恐竜世界がいまの要求にただちに応じなかった場合、ゴンドワナ帝国およびローラシア共和国で働く三百八十億の蟻はすべて、ストライキを決行します」

会場は長い静寂に包まれた。ホールのドーム状の空には紗のような雲が細くたなびき、広大な床の平原にゆらめく影を落としていた。

「カチカ執政官、ご冗談でしょう」とドドミが沈黙を破った。

「これは蟻連邦千百四十五カ国がともに策定した宣言です。わたしたちの決心は揺るぎません」

「執政官、あなたも、すべての蟻もわかっているはずです」ダダスは左目をこすりながら言った。その目の端には、先ほどの大喧嘩でドドミにひっかかれたらしい傷がある。「恐竜と蟻の同盟はもう三千年も経ち、地球文明の礎となっています。歴史上、二つの世界は戦争もしましたが、最終的に同盟の基礎は揺るぎませんでした」

「しかし、地球の生物圏全体が命に関わる脅威に直面している以上、蟻連邦はこうするしかありません」

「子どもの遊びじゃないんだ。先の大戦の教訓を忘れたのか！」ドドミが言った。「蟻がストライキを決行すれば、恐竜世界の工業生産は停滞する。医療を含めたその他多くの領域で大きな打撃を受ける可能性がある。恐竜世界の経済崩壊を招くかもしれない。しかし、それと同時に、蟻連邦の経済も崩壊の危機に直面する。地球全体に予測もつかない影響が出るだろう」

「宗教対立で起きた先の大戦とは違って、今回、蟻が竜蟻同盟を離脱するのは、地球文明を救うためです。事態の重要性にかんがみて、蟻連邦はその結果起こるすべての危機に勇敢に立ち向かうつもりです！」

「どうやらこの虫けらたちを甘やかしすぎたようだ」ダダスはそう言って勢いよく机を叩いた。

「甘やかされすぎたのは恐竜のほうです」カチカは言った。「蟻世界がもっと早く行動を起こしていれば、恐竜世界の傲慢と狂気もこれほどひどくはならなかったでしょう」

会場はふたたび静寂に包まれた。しかし今回は、空気の中に、いつ爆発してもおかしくない、恐ろしいエネルギーが集まっていた。

沈黙を破ったのは今度もドドミだった。彼はあたりを見まわし、夢から覚めたような口調で言った。

「うん、どうやら、蟻さんと単独で話す必要がありそうですな」

ドドミは円卓に登り、クリスタルの皿の前まで来た。しゃがみこんで円卓の天板から皿をとりはずすと、それを持ったまま円卓を降り、だれもいない片隅まで歩いていった。そして上着のポケットから小型翻訳機をとりだし、クリスタルの皿にいるカチカに意味ありげに話しかけた。

「尊敬する最高執政官どの。蟻連邦の宣言も道理がないわけではない。地球文明が直面する危機は、衆目の一致するところです。ローラシア共和国もこの問題を解決したいと思っていたが、これまではふさわしい機会がなかった。しかしわたしたちにはいま、近道がある。蟻がストライキを起こすのはいい。しかし、ゴンドワナ帝国の蟻だけにしてくれ。帝国経済が崩壊すれば、社会は混乱に陥る。そこにローラシア共和国が全面攻撃をかけて、ゴンドワナ帝国を一気に消滅させる。そうすれば、帝国はひとたまりもない。核戦争などなくとも勝利を得られるだろう。ゴンドワナを占領したのち、すべての重工業を停止する。個体数問題についてはそれ以上に心配がない。戦争中に少なくとも三分の一のゴンドワナ恐竜が滅ぼされる。生き残ったゴンドワナ恐竜には、一世紀は繁殖を許さない。どうです、これで蟻宣言の要求は達せられるでしょう」

「いいえ、総統」カチカはクリスタルの皿の中央で言った。蟻連邦の官僚たちもかぶりを振っている。「それでは恐竜世界の本質はなにひとつ変わりません。遅かれ早かれ、こんにちのような状態になります。それに、総統がおっしゃるような世界大戦は、わたしたちには想像もできないような結果をもたらす可能性がある。さらに重要なのは、蟻連邦は長らく、民族や国を問わず、すべての恐竜を平等に考えてきたということです。恐竜世界の異なる地域で、同じやりかたで仕事を請け負い、報酬を得てきました。恐竜世界のいかなる政治にも、戦争にも、蟻はぜったいに関与しません。これは蟻世界が古くから守ってきた原則であり、蟻連邦の侵すべからざる独立性を担保するために、ぜったいに必要なことなのです」

「総統、早く皿を戻してください。会議をつづけなければ！」議長が円卓のかたわらで叫んだ。

ドドミは首を振ってため息をついた。

「愚かな虫よ、歴史をつくるチャンスをふいにしたな！」

ドドミはそう言って、クリスタルの皿を持って円卓に戻ってきた。ドドミ総統が皿を円卓の中央に戻すと、ダダス皇帝がただちにテーブルに飛び乗り、ドドミと同じように皿を持った。

「みなさん、申し訳ない、わたしも虫さんと単独で話がしたい」

ダダスはそう言って、ドドミと同じようにクリスタルの皿を持って円卓から離れた場所に行くと、翻訳機を出してカチカに言った。

「ふふん、最高執政官どの。あいつがなにを言ったかはわかっている。信じないでくださいよ、ドドミの狡猾さは周知のとおりですからな。滅ぼすべきはローラシアです。ゴンドワナ恐竜は多少なりとも自然と調和し共存する思想を残している。われわれの行為は宗教上の規範に縛られている。それに対して、ローラシア恐竜は徹頭徹尾テクノロジーの信奉者であり、救いようのない恐竜中心主義者です。大型マシンや重工業の力、核兵器の力をわれわれ以上に盲目的に信じている。あの畜生どもは融通が効かない！　いいですか、虫さん。ローラシアでゼネストを決行してください。あるいは、もう一歩進んで、大規模な破壊活動をおこなってもいい。そうしたらゴンドワナが全面攻撃をしかけて、短時間でこの地球からゴミを叩き出してやる！　虫さんよ、地球文明のために、偉大なる業績をともに打ち立てる絶好の機会ですぞ！」

カチカは先ほどローラシア共和国総統に伝えたのと同じ言葉を、ゴンドワナ帝国の皇帝に向かってくりかえした。

カチカの返事を聞くと、ダダスはかっとしたようにクリスタルの皿を放り投げた。皿が床にぶつかった数秒後、蟻連邦代表団のメンバーたちがゆらゆらと落ちてきた。

「おまえらとるに足りない虫けらどもが、いったいどんな資格で偉大なる恐竜文明を軽視する？　よく覚えておけ、地球を統治しているのはわれわれであって、おまえらではない。おまえらなんか、ただの息をする埃にすぎん！」

カチカはホールの床から、高すぎて頭が見えないゴンドワナ皇帝を仰ぎ見た。

「皇帝、この時代において、あなたはまだひとつの文明に属する個体の大きさで力の強弱を判断するのですか？　まったく幼稚きわまりない。先の竜蟻戦争の歴史をよくお読みなさい！」

翻訳機が遠かったので、ダダスにはカチカの話が聞こえなかった。

「蟻がストライキを起こすなら、もっとも冷酷な罰を受けるぞ！」ダダスは雷のような大声でそう怒鳴ると、悠然と歩み去った。

ゴンドワナ帝国とローラシア共和国の代表団も次々に円卓から去っていった。恐竜たちの重い足音でひとしきり床が激しく揺れ、蟻連邦の代表たちは床の埃といっしょに何度も宙に跳ね上げられた。恐竜の姿はすぐに遠くに消え、蟻の目の前には、平坦でつややかな床の平原が広がるだけになった。その平原は、ドームの空にあるあの小さな太陽の群れの光を反射して、まるでカチカの意識の中の未知なる未来のように、果てしない彼方へと伸びていた。

9　ストライキ

ゴンドワナ帝国の首都、雲の上まで高くそびえ立つ宮殿の広大な青の広間では、ダダス皇帝が大きなソファに寝転がり、前肢で左目を覆い、声をあげて苦しんでいた。皇帝を囲んで立つ恐竜は、内務大臣ババト、防衛大臣ロロガ元帥、科学大臣ニニカン博士、厚生大臣ヴィヴィック医師である。

ヴィヴィック医師がかがみ込んで皇帝の顔を間近に見ながら言った。

「陛下、ドドミにひっかかれた左目が炎症を起こしており、緊急オペが必要です。しかし現在、目の手術ができる蟻の眼科医が見つからず、抗生物質でようすを見るしかありません。ただし、このままでは失明の危険があります」

「ドドミの薄汚い皮を剝ぎとってやりたい！」皇帝は歯ぎしりしながら医師にたずねた。

「全国の病院、どこにも蟻の医者はいないのか？」

ヴィヴィック医師はうなずいた。

「おりません。手術が必要な大量の患者が手術を受けられず、すでに社会で小さなパニックが起こっています」

「しかし、大きなパニックはそのせいではあるまい」皇帝はそう言うと、内務大臣のほうを見た。

ババトは身をかがめて言った。

「もちろんです、陛下。現在、全国の工場の三分の二が操業を停止し、停電している都市もいくつかあります。ローラシア共和国の状況も似たりよったりのようです」

「恐竜が操作できる機械や生産ラインもストップしているのか？」

「そのようです。自動車などの製造業は微小部品がなければ成り立ちません。恐竜が製造できる大きな部品も、使用に耐える完成品に組み立てることができなくなり、操業が止まっております。化学工業や電力設備などの重工業は、最初はストライキの影響がそれほど大きくなかったのですが、設備の故障などが増えるにつれ、修理が間に合わず、稼働不能に陥る工場が増えております」

皇帝はギリギリと歯噛みした。

「莫迦め！　竜蟻サミットの終了直後、全産業労働者に緊急訓練を施せと命じたはずだぞ。蟻が従事していた細かい作業をじょじょに肩がわりできるように」

「陛下、それは不可能でございます」

「偉大なるゴンドワナ帝国に不可能などあるか！　帝国の長い歴史において、ゴンドワナの恐竜はこれより重大な危機を何度も経験してきた。孤軍奮闘した激戦もあれば、大陸を覆い尽くす山火事を消し止めたこともある。大陸プレートの運動によってマグマがあふれだした大地を、われらは幾度となく生き延びてきた……」

「陛下、しかし今回は事情が違います……」

「なにが違う？　けんめいに努力しさえすれば、恐竜も器用な手が持てる！　こんなことで、あの小さな虫けらどもの脅迫に屈してたまるものか！」

「それがどんなに困難なことか、これをごらんください……」ババト内務大臣はそう言うと、二本の赤い線をソファの上に置いた。「陛下、機械修理のもっとも基本的な作業をお試しになってください。二本の電線をつなぐことができますか？」

　ダダス帝の指は長さが五十センチもあり、コップよりも太かった。彼にとって、直径三センチのケーブルは、わたしたちにとっての髪の毛よりも細い。しゃがみ込み、悪戦苦闘した挙げ句、ソファの上に二本のケーブルをぴったりくっつけて並べることができたが、摑《つか》もうとすると、小さな砲弾のような鉤爪の先がつるつるすべり、つまみ上げてもすぐに落ちてしまう。ゴムの被覆を剝《は》いで中の電線をつなぐどころではない。皇帝はため息をつくと、腹立ちまぎれにケーブルを前肢で払い落とした。

「このケーブルをつなぐ技術が習得できたとしても、修理作業はおこなえません。われわれの太い指は精密機器の中に入らないのです。あんなせまいところに潜り込めるのは蟻だけです」

「おお……」科学大臣のニニカンは嘆息し、感慨深げに言った。「八百年前、先帝は恐竜世界が蟻の細かい技術に頼っているリスクに気づき、多大な努力を重ねて技術や設備を研究し、依存から脱却しようとされました。しかし、愚昧《ぐまい》のそしりを顧みず申し上げますれば、陛下のご在位期間を含めたこの二世紀、その努力はほぼ棚上げにされ、われらは蟻が用意したあたたかなベッドに心地よく横たわり、安きに居りて危うきを思う心構えを忘れ、太平の眠りを貪《むさぼ》っていたのです」

「そんなベッドになど寝てはおらん！」皇帝は両の前肢を上げ、激怒した口調で言った。「実際、先帝が憂慮したリスクに、余は何度もうなされた」

ダダス帝は太い指をニニカンの胸に突き立てた。

「覚えておけ、蟻技術への依存から脱却すべく先帝がおこなってきた努力はすべて失敗に終わったのだ。ローラシア共和国も同様だ！」

「おっしゃるとおりです、陛下」

ババト内務大臣はうなずくと、床の電源ケーブルを指し、ニニカン科学大臣に向かって言った。

「博士も知らぬわけはあるまい。恐竜が自分の指でやすやすとつなぐには、ケーブルの直径が十センチから十五センチは必要だ！　だからと言って、小枝のように太い電線が巻かれた携帯電話やパソコンが想像できるか？　それと同じく、もし恐竜が操作や修理をおこなうなら、機械設備のすくなくとも半数は、現在の百倍以上の大きさにならざるを得ない。しかし、もしそうなれば、必要な資材やエネルギーのコストが数百倍にも跳ね上がり、恐竜世界の経済ではまったく支えきれない！」

科学大臣はうなずいた。

「そのとおりです。さらに深刻なのは、部品によっては大型化が不可能なことです。たとえば、光や電波を用いた通信設備です。光を含む電磁波の波長を変調して処理する部品は原理的に小さくならざるを得ません。微小部品のないコンピュータやインターネットが想像できるでしょうか？　分子生物学や遺伝子工学の研究や開発についても同様です」

厚生大臣が口を開いた。

「恐竜の内臓や器官は相対的に体積が大きいため、一部の病例では恐竜の医師でも手術が可能です。しかし、蟻の手術はメスを使う必要がない分、より安全で、治療効果も高いのです。資料によれば、二千年前には恐竜の医師がメスを使った手術をおこなった例もあったようですが、その技術はすでに失われてしまいました。メスを使う外科手術の技法をとり戻すには、局部麻酔や傷口の縫合など膨大な数の技術を身に着けなければなりません。

患者側の考えかたや習慣にまつわる問題もあります。数千年にわたって蟻の医療を享受してきたあとで、恐竜の医師による開腹手術を受けることは、ほとんどの恐竜が絶対に同意しないでしょう。ですから、今後、すくなくとも相当の年数、蟻抜きでは医療も成り立ちません」

科学大臣が話をまとめた。

「恐竜と蟻の同盟は、進化における当然の選択でした。その意義はきわめて大きく、この同盟がなければ、地球に文明が生まれることはありませんでした。蟻がこの同盟を壊すことを許してはなりません」

「じゃあ、どうしろというんだ?」皇帝は両手を開いて意見を求めた。

ずっと黙っていた防衛大臣のロロガ元帥が言った。

「陛下、蟻連邦にはたしかに有利な点がありますが、われわれにも自分たちの力がありま す。帝国はこの力を利用すべきです」

皇帝はうなずき、元帥に向かって言った。

「わかった。参謀本部に戦略を立てるように命じろ。蟻の都市をいくつか破壊し、警告を与えてやれ!」

「元帥」ババト内務大臣はその場を去ろうとするロロガ防衛大臣を引き止めて言った。

「ローラシアとの調整が鍵だぞ」

「そのとおり！」皇帝がうなずいて言った。「彼らと同時に行動しなければならない。ドドミが善玉ぶって、蟻連邦とローラシアの距離を縮めることがないよう気をつけろ」

10　第二次竜蟻戦争

第一次竜蟻戦争の廃墟に再建された新たな歯城市は、蟻世界最大の都市へと発展し、ゴンドワナ大陸における蟻連邦の政治、経済、文化の中心となった。住民の数は一億、面積はサッカー・フィールドおよそ二面分に相当する。高層ビルが林立し、中でも五メートルの高さを誇る連邦貿易センタービルは、蟻世界でもっとも高い建築物だった。迷宮のような通りには、つねに蟻の流れが絶えない。蟻の高層建築は外壁から直接各フロアに入るため、階段は必要なく、摩天楼の外壁も、昇り降りする蟻の流れがあちこちにある。都市の上空にはたくさんの羽蟻が飛び交い、透明な薄い羽を陽光に輝かせている。歯城でもっとも目を惹くのは、高層ビルの屋上にある、満開に咲いた白い花のような無数の風力発電用風車だった。

しかしきょう、いつもならにぎやかなこの大都市は、静寂に包まれていた。住民は全員、ストライキ突入後に恐竜都市から撤退した大量の蟻労働者とともに、この大都市から退去していた。都市の東では、避難する数億の蟻の列が、黒い小川のように彼方へと伸びている。西側はもともと見渡すかぎりの平原だったが、そこにとつぜん、高く大きな金属の山脈が現れた。十台のブルドーザーだ。ブルドーザーの巨大なブレードは、かなたに天高くそびえる鉄の壁のように一列に並んでいる。ゴンドワナ恐竜帝国は蟻連邦に対し、ストライキ中の蟻が二十四時間以内に職場復帰しなければ、ブルドーザーで歯城市をまるごと押し潰すと最後通牒を突きつけていた。いま、西の地平線に沈みかけた太陽が、ブルドーザーの長い影を歯城市に落としていた。

＊＊＊

二日めの朝、第二次竜蟻戦争の火蓋が切られた。

朝の風が霧を散らし、昇ったばかりの太陽が、蟻には広すぎ、恐竜にはせますぎる戦場を照らした。歯城市の西の境界の外では、蟻の砲兵が二十メートルを超える堂々たる列をつくり、数百もの大型の大砲が朝陽に輝いていた。もっとも、それぞれの大砲は爆竹一本ほどのサイズしかない。そのすこしうしろの陣地には、千を超えるミサイルが発射台の上で待機しているが、ミサイルのサイズは紙巻き煙草ぐらいだった。都市上空を旋回する空軍の偵察機は、つむじ風に吹かれる木の葉のように見える。

離れた場所では、十台の恐竜ブルドーザーがすでにエンジンを始動させていた。巨大な騒音が轟々と響き渡り、大地を通じて震動が伝わってくる。歯城市は地震に見舞われたようになり、高層ビルのガラスがビリビリと鳴った。恐竜ブルドーザーのかたわらには数名の恐竜兵が立っていたが、蟻にはその姿が世界を背負って立つ巨人のように見えた。恐竜の将校のひとりが拡声器を手に、歯城に向かって叫んだ。

「虫けらども、よく聞け。もしほんとうに職場に戻らないなら、帝国のブルドーザーがそっちに向かっていくぞ！　おまえらの街はぺちゃんこの平地になる！　しかし、こんなに大げさなやりかたをする必要はまったくない。先の大戦を書いた本で、古代の恐竜将軍の言葉を読んだことがある。おまえたちの町はわれわれの子どもが積み木でつくる町よりも小さい。子どもひとりの小便で押し流せるぞ、とな。わっはっは……」

歯城からはなんの返答もなかった。第一次竜蟻戦争でそう言い放った将軍がその後どうなったか、教えられることもなかった。

「前進！」恐竜の将校が前肢を振ると、ブルドーザーはゆっくりと前に動き出し、すこしずつ加速していった。

するとそのとき、ブルドーザーの轟音に混じって、風船から空気が抜けるようなシューッという音が、歯城市のほうからかすかに聞こえてきた。極細の白い線が無数に街から伸びて、みるみるうちに長くなる。街から白い髪が生えたかのようだった。それは、蟻が発射したミサイルの煙だった。それらのミサイル群はブルドーザーと街のあいだに横たわる広大な土地を通過し、ブルドーザーとそのうしろに立つ恐竜兵たちに命中した。

さっき命令を叫んだ将校が、そのうちのひとつを前肢でつかんだ。ミサイルは将校のてのひらで爆発し、ボンという低くこもった音が響いた。恐竜は苦痛の悲鳴をあげ、ミサイルの残骸を払い落とした。前肢を開いてみると、爆発で薄く皮がむけていた。さらに数十のミサイルが恐竜の大きな体に命中し、ぼんぼんと爆発した。恐竜は体を払いながら大笑いした。

「おやおや、蚊みたいなミサイルだな。かゆくてたまらん!」

蟻の砲兵が砲撃を開始した。数百もの大砲から吹き出る火炎が、火をつけて放り投げた爆竹の束のように、歯城の前でひとすじの線となった。雨のように降ってきた砲弾のほとんどが恐竜とブルドーザーの運転席に命中した。かぼそい爆発音はブルドーザーのエンジンの轟音に呑み込まれ、砲弾は目標になんの損害も与えられず、運転席のガラスにまだらに跡が残っただけだった。

エンジンをかけたばかりのブルドーザーの前方、二メートルも離れていない草地から、千を超える蟻飛行機が一列の線になって突如飛び立った。薄い羽が陽の光を浴びて輝いている。飛行機群はブルドーザーの巨大なブレードを超え、フロント部分のボンネットに次々に落ちた。蟻の目から見れば、広大な黄色い大地に降り立ったかのようだった。金属の平原はブルドーザーのエンジン音によって激しく震動している。前方では、運転席のフロントガラスが頂上の見えない巨大な絶壁のようにそそり立っている。つるつるした絶壁の表面には青い空と白い雲が映り、中にいる恐竜の運転手は見えなかった。

ボンネットの中央には通気孔が一列に並んでいる。蟻にとってはじゅうぶん通れる広さだったので、彼らはその通気孔から次々に車内へと進入した。中に入ると、驚くべき巨大な空間が広がっていた。太い管と大きな車輪が回転するその世界は、まるで鋼鉄の機械でつくられた宇宙のようだった。熱い空気には石油の刺激臭が充満し、奇妙な激しい震動で全身が痺れた。前もって指揮官から警告されたとおり、前方には天までそびえる冷却ファンが飛ぶように回転し、強い風が吹いている。蟻は太い管を伝って計画されたとおりのルートを進み、目標に向かってすばやく接近していった。彼らにとって、パイプの上を歩くのは、山の広い尾根を進むようなものだった。パイプは複雑にからみあっているが、迷路を抜けることにかけては、蟻には天性の才能がある。エンジンのスパーク・プラグを探す任務を与えられた小隊は、たちまち目標を見つけた。四本のスパーク・プラグは彼方にそびえる四つの巨塔のようだった。そのあたりには蟻にとって命に関わる漏洩電界があるが、蟻の兵士がプラグに近づく必要はなかった。直径が蟻の体くらいある導線が、それぞれにつき一本ずつ、プラグの上のほうから蟻たちの近くまで伸びている。蟻の兵士はそれぞれに近づくと、背中の雷粒をとりだし、四本の導線すべての表面に、一本あたり三、四個ずつ貼りつけた。雷粒のタイマーのつまみを指定の位置まで回してから、蟻たちはその場を離れた。第一次竜蟻戦争のマイクロ発火装置と違って、この雷粒は導線切断専用の小型爆弾だった。

爆竹の音のようなその爆発音は、ブルドーザーの轟音にかき消された。四本の導線はすべて切断され、断面と金属の筐体が接触して、まばゆい電気スパークを放っている。電力を断たれたプラグはもうガソリンに火をつけることはなく、発動機のシリンダーは動力を失った。ブルドーザーは唐突に動きを止め、数匹の蟻が慣性の力でパイプの上から転落した。

そのころ、ブルドーザー内部に侵入したべつの小隊が送油管を見つけていた。それはスパーク・プラグの導線よりもかなり太く、透明なプラスチック製で、中を流れるガソリンがはっきり見えた。蟻は送油管に登ると、管の外周に沿って十数個の雷粒を貼りつけ、撤退した。こうして、すべての作戦任務が完了した。

恐竜の十台のブルドーザーは二百メートルほど進んだところで相次いで停止した。さらに二、三分経つと、六台が轟々と炎を上げて燃えはじめた。恐竜の操縦手は、運転席から次々に逃げ出した。その直後、燃えるブルドーザーのうちの四台が爆発した。歯城を守る蟻の目には、激しい炎を包み込んだ黒煙が空のほとんどを覆っているように見えた。

爆発が落ち着くと、火災が起きていない四台の操縦手が戻ってきて、となりのブルドーザーの炎にあぶられながら、ボンネットを開けて調べはじめた。故障の原因はすぐに見つかり、一頭の恐竜が反射的にポケットから信号棒をとりだした。これは蟻のにおい言語を発する装置で、恐竜が蟻の修理工を呼ぶときに使う。しかし、操縦手は点滅する信号棒をしばらく見つめてから、働いてくれる蟻がもういないことをようやく思い出した。ひとしきり蟻を罵ったあと、恐竜はかがみこんで自分で線をつなごうとしたが、他の三頭の恐竜と同じように、太い前肢を機械のあいだに入れて導線をひっぱりだすことができない。やがて、四頭のうちの一頭がふと思いつき、木の枝を使って首尾よく導線をとりだすことに成功した。しかし、その太い前肢では切断されたケーブルをつなぎ直すことなど無理な相談だった。操縦手はしかたなく自分のブルドーザーから離れ、となりのブルドーザーから火が燃え移るのを見ているしかなかった。

それを見て、蟻の陣地から歓喜の声が沸き起こった。しかし、一台の装甲車から戦闘の指揮をとっていたローリエ元帥は、冷静に撤退命令を出した。砲兵とミサイル部隊はすでに撤退していたが、攻撃任務を完了した残りの蟻部隊もすべて東へ向かって飛び立ち、歯城はほんとうにからっぽになった。

一方、一列になって燃え盛るブルドーザーを見ながら、恐竜たちは恥辱にかられていた。将校が叫んだ。

「憎たらしい虫けらめ！　この程度で勝ったと思っていたら大まちがいだ！　ブルドーザーなどただの遊びだ！　おまえらのおもちゃみたいな都市がどうなるかよく見ておけ！」

恐竜が待避した十分後、ゴンドワナ帝国の爆撃機が歯城の上空にやってきて、その巨大な影で歯城市を完全に包み込んだ。爆撃機は、タンクローリーほどのサイズの爆弾をひとつ投下した。耳をつんざく音とともに落下した爆弾は、歯城市の中央広場にみごと命中した。天地を揺るがすほどの爆発音が轟き、巨大な黒い土埃の柱が百メートルの高さまで立ち昇った。やがて砂埃と煙が落ち着くと、歯城市があった場所は深い穴が空き、底から濁った地下水が湧き出していた。蟻世界最大の都市の姿はどこにもなかった。

ほぼ同じ時刻、ローラシア大陸の中心にある蟻連邦の主要都市、緑城市も恐竜に破壊された。美しい大都会は、ローラシア恐竜消防車の高圧放水で、ぬかるんだ平地となり果てた。

11　医療チーム

　歯城市が破壊されて二日め、蟻連邦執政官カチカは医療チームを率いて巨石市を訪れ、ダダス皇帝に面会を求めていた。

「ゴンドワナ帝国の強大な力に対し、蟻連邦は深い敬意の念を表します」

　カチカがうやうやしくそう言うと、ダダスが機嫌のいい口調で応じた。

「はっはっは、カチカ虫よ、ようやく道理がわかったか。いまはもう、第一次竜蟻大戦の時代ではない。ずいぶん前から、蟻は当時のような力を失っている。都市や森に火をつけたりすることはできない。恐竜世界のあちこちに消防の監視カメラと自動消化器が設置されているし、火災は煙草の火ほどにもならないうちに消火されるからな。ましてや、恐竜の鼻の中に入るなどという野蛮で愚かな戦術は、前の戦争のときでさえ、防衛手段が知られていた。こちらにしてみれば、いくらか面倒という程度のことだ」

「おっしゃるとおりです、ダダス陛下。わたしたちは今回、蟻連邦の他の都市に対するゴンドワナ帝国の攻撃を即刻停止していただくようお願いに参りました。蟻はすぐにストライキを中止し、恐竜帝国のすべての仕事に復帰します。また、蟻連邦はローラシア共和国に対しても同様の希望を持っています。いま、それぞれの大陸で、数百億の蟻が恐竜都市へと戻っているところです」

ダダス帝は何度もうなずいた。

「それでいい。竜蟻同盟の崩壊はわれわれ双方にとって災難だった。今回の一件で、すくなくともだれが地球のほんとうの支配者か、よくわかっただろう!」

カチカは触角でうなずいた。

「今回で思い知りました! 蟻連邦は地球の統治者に心からの敬意を表します。きょうはもっとも優秀な医療チームを連れてまいりました。陛下の目の傷の治療をさせていただければと」

ダダスは喜んだ。この数日、目の傷にずっと悩まされていたが、恐竜の医師は蟻以外には手術できないと言って、薬を出す以外、なにもしなかったからだ。蟻の医療チームはすぐに仕事にかかった。一部は眼球の表側で作業し、一部は鼻から眼球の裏側にまわって治療に着手した。

「陛下、手術はまず、感染した組織と壊死した組織を眼球からとりのぞき、薬を注入します」カチカが皇帝に手術のプロセスを説明した。「次に、最新の眼科治療材料を使って傷口をふさぎます。この材料は、バイオエンジニアリングによって培養した生体組織で、陛下の眼球を完治させるものです。視力と見た目にはまったく影響がありません」

手術は二時間で終わり、カチカと医療チームは宮殿を去った。

すると、内務大臣と厚生大臣が入ってきた。そのうしろから、数頭の恐竜がキャスターつきの複雑そうな大型のマシンを押して運んでくる。厚生大臣はマシンを指さし、皇帝に説明した。

「陛下、これは高精度3Dスキャナーです」

「どうするんだ?」左目をガーゼで覆ったダダスが疑り深い顔で聞いた。

「安全のためです。陛下の頭部全体をこれでスキャンします」ババト内務大臣が重々しく言った。

「必要あるのか?」

「相手は狡猾な虫けらです。注意するに越したことはありません」

ダダスが機械の台に立つと、とても細くて明るい線がその頭部を上から下へゆっくりと移動した。スキャンが進んでいくあいだ、ダダスはいらだたしげに言った。

「おまえたち、疑心暗鬼になっていないか？　やつらが余の体に下手な真似をするはずがない。もしそんなことが発覚したら、帝国軍が三日以内に彼らのすべての都市を破壊することになる。蟻は狡猾な虫だが、もっとも理性的な虫でもある。正確なコンピュータのような考えかたをする。感情にしたがって行動することはいっさいない。そのくらいの計算はできるはずだ」

スキャンが終わった。ダダスの頭部に異常は見つからなかった。皇帝は、蟻たちが続々と恐竜都市に戻っているという報告を受けた。それぞれの仕事に復帰しているところだという。

「やはり安心できません。陛下、わたしには蟻のことがわかります」内務大臣が低い声でささやいた。

ダダスは微笑んだ。

「その警戒心は正しいし、持ちつづけるべきだ。しかし同時に、おまえが理解すべきこともある。われわれは勝利したのだ！」

「今後、帝国の高級官僚と重要な科学者、鍵となる職務につく者に対しては、定期的にスキャンを実施したいと思います。許可をください」厚生大臣が言った。

「わかった、許可しよう。それでもやはり、おまえたちは疑心暗鬼にとらわれすぎていると思うがな」

＊＊＊

ダダスには知る由もなかったが、この前々夜、皇宮医療センターに二十匹の蟻が潜入し、六台の高精度スキャナーに入り込んで、恐竜の肉眼では見分けられない、ある特定の小さなマイクロチップを破壊していた。このチップがなくてもスキャナーは通常どおり使用できるが、精度が二〇パーセント低下する。まさにそのせいで、スキャナーはダダスの頭蓋骨の中にある小さな物体を見逃した。その物体は手術の際に蟻がこっそり仕込んだもので、米粒ひとつの十分の一のサイズしかない。脳動脈に仕掛けられた時限起爆式の雷粒で、血管を瞬時に切断する。千年前の戦争では、歯城を攻撃した恐竜将軍イスタが、鼻から脳に侵入した兵蟻に動脈を嚙み切られて、脳溢血により戦場で命を落としている。

雷粒の起爆は六百六十時間後に設定された。その頃の地球の自転はいまよりも早く、一日は二十二時間しかなかった（実際は約二十三時間半とされている）。したがって、恐竜皇帝の大脳に設置された雷粒は、一カ月後に爆発することになる。

12　最後の戦争

「道はひとつしかない。蟻が恐竜を消滅させるか、蟻と恐竜がともに破滅するかだ！」蟻連邦のカチカ最高執政官は議会の壇上で演説した。

「最高執政官の意見に賛成です」ビルビ元老院議員が自分の席から触角を揺らして言った。「現状に鑑《かんが》みると、地球の生物圏には二つの運命しかありません。恐竜の重工業が生んだ環境汚染の毒がまわって死ぬか、ゴンドワナとローラシア、二つの恐竜大国間の核戦争で完全に滅亡するか！」

彼らの発言はほかの議員から熱烈に支持された。

「そうだ、最後の選択をする時が来た！」

「恐竜を滅ぼせ、文明を救え！」

「行動だ！　行動しよう！」

「静粛に！」蟻連邦の首席科学者、ジョーヤ博士が触角を揺らして騒ぎを静めた。「蟻と恐竜の共存関係はもう二千年以上にわたってつづいてきました。竜蟻《りゅうぎ》同盟は地球文明の基盤であり、当然、蟻文明の基礎でもあります。もし恐竜文明が消滅し、この同盟がとつぜんなくなったら、蟻文明はほんとうに単独で存続できるでしょうか？　ご承知のとおり、竜蟻同盟において、恐竜が蟻から得るものはきわめて具体的で、はっきりしています。一方、蟻が恐竜から得るものは、基本的な生活物資をべつにすれば、あとは無形のもの――すなわち、思想と科学的知識です。蟻文明において、後者が重要であることははっきりしています」

「博士、その問題については、わたし自身、長年にわたって考えてきた」とカチカが言った。「竜蟻同盟の初期、恐竜の思想と知識はたしかに蟻社会にとって欠かせないものであり、われわれの文明が飛躍する原動力となった。しかしいま、恐竜から学び、蓄積しつづけた二千年の歳月を経て、事情は変わった。蟻の思想は、あのころのように単純で機械的なものではない。わたしたちも科学的に考えることができるようになり、技術開発やイノベーションが可能となった。実際、ミクロ機械や生物コンピュータなど多くの領域で、蟻文明は恐竜文明の先を行っている。恐竜から離れても、蟻世界の技術は同じように発展できる。わたしたちはもう、思想の源泉を必要としない！」

「いやいやいやいやいや――」ジョーヤ博士が触角を強く振った。「カチカ執政官、あなたは技術と科学という二つの概念を混同しています！　蟻はすばらしいエンジニアになれても、科学者にはなれないのです！　蟻の脳の生理的構造ゆえに、われわれは恐竜が持つ二つのもの——好奇心と想像力——を永遠に持てないからです」

ビルビ元老院議員が納得できないというように首を振った。

「好奇心と想像力？　おやおや、博士、あなたはそれが利点だとお思いか？　まさにその二つのせいで、恐竜は情緒不安定で気が変わりやすく、神経質で、一日じゅう白昼夢を見て時間を浪費しているではないか」

「しかし元老院議員、その情緒不安定と白昼夢がインスピレーションと創造性を生み出し、宇宙のもっとも深遠な法則を探る科学理論の研究を可能にしているのです。彼らの科学理論こそ、技術の進歩の基礎です。抽象的な理論がなければ、技術開発もイノベーションも、水源のない水と同様、最終的に枯渇するでしょう」

「わかったわかった」カチカはうるさそうにジョーヤ博士の話をさえぎった。「いまはそんなくだらない哲学的な議論にかまけているときではない。博士、蟻世界が直面している問題はひとつだけだ。恐竜を滅ぼすか、彼らとともに滅びるか」

ジョーヤ博士には返す言葉がなかった。

「あなたたち科学者はみな言葉の巨人で、行動の小人だ。机上の空論だけできて、実際の問題の前ではなすすべがない」

ビルビは嫌味たらしくそう言うと、カチカのほうを向いた。

「そういうことでしたら、尊敬する執政官閣下、連邦最高執政機関には詳細な計画があるのでしょうか？」

カチカはうなずいた。

「それについては、ローリエ元帥から説明する」

数日前、第二次歯城戦役を指揮したローリエ元帥が登壇した。

「みなさんのお目にかけたいものがあります。これはわれわれが恐竜に頼らずおこなってきた技術開発のささやかな一例です」

元帥の指示のもと、二匹の蟻が小さな紙切れのような白いものを二枚運んできた。

「これは、蟻のもっとも伝統的な武器——雷粒の最新型です」とローリエが説明した。

「この紙のような雷粒は、連邦の軍事技術が最終戦争のために開発したものです」

ローリエ元帥が触角を振ると、今度は四匹の蟻が小さな導線を二本持ってきた。恐竜の機械にもっとも多く使われているタイプで、一本は赤、もう一本は緑色だった。蟻たちはその二本の導線を台の上に置くと、二枚の白い紙切れのようなものをそれぞれ導線の中央に巻きつけた。どちらも、白い粘着テープを巻いたように、ぴったり張りついている。すると、不思議なことが起こった。二枚の白いテープはとつぜん色が変わり、それぞれ、巻きついている導線と同じ色になったのである。片方は赤、片方は緑。あっという間に導線と一体化し、もうまったく見分けがつかない。

「これが連邦の最新兵器、変色雷粒だ」カチカ最高執政官が言った。「いったん設置したら、恐竜には絶対に見つからない！」

二分後、パンパンと乾いた音がして、雷粒が爆発した。二本の導線は真っ二つに切断された。

「時が来たら、一億匹の蟻の大軍を出動させる。その一部はいま恐竜世界で働いている蟻で、残りは恐竜世界に潜入している蟻だ。この大軍が恐竜の機械の内部にある導線に二億の変色雷粒を仕掛ける！　わたしたちはこれを〝断線作戦〟と命名した」

「おお、なんと壮大な計画でしょう！」ビルビ元老院議員が褒め讃《たた》えると、ほかの議員も心から賛同の声をあげた。

「同時に実行するもうひとつの作戦も壮大だ！」カチカ執政官がつづけた。「二千万の蟻から成るもうひとつの大軍が五百万の恐竜の頭部に潜入し、脳の血管に雷粒を仕掛ける。この五百万は、いま地球上にいる数十億の恐竜のエリート層だ。国家の指導者たち、科学者、重要な職務に就く技術スタッフなどが含まれる。彼らがいなくなれば、恐竜世界は頭脳を失ったも同然。そこでこちらは〝断脳作戦〟と命名した」

「この作戦は、最初の作戦ほど簡単には行かないでしょう」ビルビ議員が言った。「わたしの知るところでは、恐竜社会はすべてのキーパーソンに対して定期的に高精度の３Ｄスキャンをおこなっています。ゴンドワナ帝国が先にはじめて、ローラシア共和国もすぐに追随しました。ゴンドワナ帝国では、ダダス皇帝まで定期的に検査を受けているとか」

「断脳作戦の最初の雷粒は、すでにダダスの大脳の中に仕掛けてある」カチカは得意げに言った。「わたし自身が指揮する医療チームが実行した。皇帝はすでに何度もスキャン検査をしているが、雷粒はしっかりと大脳の動脈に貼りついている」

「つまり、高精度3Dスキャナーでも見つからない新型雷粒の開発に成功したと？」

ジョーヤ博士がそうたずねると、カチカはかぶりを振った。

「たしかに開発は試みたが、すべて失敗した。高精度3Dスキャナーは、恐竜と蟻が協力して実現した、近年における大きな技術的成果だ。恐竜の脳内にあるもっとも微細な異物でも探知し、識別することができる。もちろん、雷粒を恐竜のほかの場所に設置すれば容易に発見されることはないが、しかし雷粒ひとつで命を奪ったり、意識や思考力をなくさせるには、大脳の動脈に設置するしかない。恐竜もそれがわかっていて、脳だけをスキャンしているのだろう」

ジョーヤ博士はしばらくじっと考えているふうだったが、やがて困惑したように触角を振った。

「すみません、最高執政官。わたしには、雷粒が探知されないとは思えません。わたしは高精度3Dスキャナー開発における蟻側の責任者でした。あのマシンの性能についてはよく知っています」

ローリエ元帥も、カチカと同じように得意げな態度で言った。

「親愛なる博士、あなたはいつも簡単な事柄を複雑にしてしまう。われわれは小さな部隊を皇宮医療センターに派遣し、六台のスキャナーに工作した。具体的に言うと、ある特定のマイクロチップを破壊し、精度を二〇パーセント低下させたのです。それによって、脳内の雷粒は探知不能になった」

「それで、そのあとは？　五百万頭の恐竜の頭に雷粒を設置するのでしょう？　まさか……恐竜世界のすべての高精度３Ｄスキャナーに細工をして、精度を二〇パーセント下げると？」

「まさにそのとおり！　断線作戦や断脳作戦にくらべれば、たやすい任務です。恐竜世界には３Ｄスキャナーが四十万台前後しかない。五百万の兵がいれば完遂できる」

「常軌を逸した計画です」首席科学者は茫然としたように言った。

「この計画のもっともすばらしい点は、恐竜世界のあらゆる場所に同時に攻撃を仕掛けるところにある！」

カチカは、博士の言葉を称賛だと受けとって、言葉をつづけた。

「恐竜の機械に仕掛けた二億の雷粒と、恐竜の脳内に仕掛けた五百万の雷粒は、同じ時刻に爆発する！　誤差は一秒もない！　恐竜世界は、どの分野においても、救援も代替も見つけられない。まず最初に、複雑で大規模な情報システムが完全に崩壊し、次に重工業システムと交通輸送システムが麻痺する。恐竜世界全体、あらゆる街角まで、あまねくすべてに故障が起こるため、短時日のうちに復旧させることは不可能だ。社会の中枢で職務を果たしている五百万の恐竜が消滅すれば、恐竜社会は大脳を切除されたも同じこと。全面的なショック状態に陥り、恐竜社会全体が、海の真ん中で底が抜けた船のように、あっという間に沈んでいくだろう。

知ってのとおり、恐竜都市の消費量は莫大だ。コンピュータでシミュレーションを実施したところ、膨大な供給をたえず維持している情報ネットワーク、重工業システム、交通輸送システムがいったん崩壊すると、一ヵ月経たないうちに、都市部の恐竜の三分の二が飢餓で死亡し、残った恐竜は都市の外でまばらに散らばって生きることになる。蟻の攻撃がつづくなか、飢餓と疾病によって、それから一年くらいのあいだに生存者の数はさらに三分の二まで減少する。最後に生き残った恐竜社会は、蒸気機関時代よりもさらに前の低技術時代へと退化し、蟻世界に対するいかなる脅威にもならなくなる。そのとき、わたしたちは地球の真の統治者になる」

「尊敬するカチカ執政官、その偉大なる時はいつでしょうか?」なんとか興奮を抑えようとしながら、ビルビがたずねた。

「すべての雷粒が爆発する時刻は、一ヵ月後の真夜中に設定されている」

蟻たちは歓声をあげた。

ジョーヤ博士が必死に触角を揺らし、蟻たちに静粛を促した。それでも歓声はやまない。きびしく注意するとようやく静かになり、博士に視線が集まった。

「もういい！　みんな、気でも狂ったのですか？」ジョーヤ博士は大声で叫んだ。「恐竜世界は非常に複雑な超大型システムです。このシステムが一瞬にして崩壊したら、想像もつかないような結果になるでしょう」

「博士、どんな結果になるのか教えてくれ。恐竜世界の破滅と、蟻連邦の地球における最終的な勝利のほかに」

「言ったとおりです。予測はできません！」

「ほら、また出た。頭でっかちのジョーヤ博士、あなたの話にはみんなもううんざりだ」ビルビが言うと、ほかの議員たちも、熱狂に水を差した首席科学者に対する不満を口々に漏らした。

ローリエ元帥が歩み寄り、前肢でジョーヤ博士の肩を叩《たた》いた。元帥は沈着冷静なタイプで、さっきも歓声をあげなかった少数の蟻のうちの一匹だった。

「博士の心配はよくわかります。実際、わたしも心配していました、しかし、ひとりの理性的な現実主義者として、蟻連邦にこれ以外の選択肢はないと考えます。げんに、あなたのような科学者でさえ、よりよい選択肢をわれわれに与えてくれるわけではない。博士の言うおそろしい結果の中では、恐竜の核兵器の暴走が、もっとも憂慮される可能性のひとつでしょう。核兵器は地球上のあらゆる生命を消滅させるに足る武器だ。しかし、問題ありません。恐竜大国の核兵器システムはすべて恐竜がコントロールしていますが、日々のメンテナンスは、恐竜のきびしい監視のもとで少数の蟻が担当しています。蟻の特殊部隊にとって、内部に侵入するのは困難ではありません。核兵器システムに仕掛ける雷粒の数は、ほかのシステムの二倍にします。その時が来たら、核兵器システムも他のシステムと同様、完全に麻痺《まひ》します。核爆弾はひとつも爆発することはありません」

ジョーヤ博士はため息をついた。

「元帥、事態はもっと複雑です。われわれはほんとうに恐竜世界を理解しているのでしょうか？　それが問題です」

これを聞いてすべての蟻が唖然《あぜん》とした。カチカ最高執政官がジョーヤ博士に向かって言った。

「博士、蟻は恐竜世界のあらゆる場所にいる。それも、一万年以上前からずっと！　どうしてそんな愚かな質問を口にできる？」

ジョーヤはゆっくり触角を揺らした。

「結局のところ、蟻と恐竜は大きな差異のある二つの別々の種属であり、まったく異なる二つの世界で生きています。直感でわかります。恐竜世界には、蟻がまったく知らない巨大な秘密がかならずや存在するでしょう」

「具体的なことを言えないなら、言わないのと同じことだ」ビルビ議員は、まったく納得するようすがなかった。

「そこで、情報収集システムの構築をお願いしたい」ジョーヤ博士が言った。「具体的な計画はこうです。恐竜の脳内に雷粒をひとつ設置するたびに、内耳に盗聴器を仕掛けます。わたしが一部門を率いて、盗聴器が送ってくる情報の監視と分析をおこない、これまで蟻世界が知らなかった情報をできるかぎり迅速に発見します」

「恐竜の大脳に雷粒を設置する作業は、半月以内に完了する」ローリエ元帥が言った。

「そうなると、博士の部門は五百万の盗聴器から回収した情報を処理することになります。莫大な量の情報です。巨大な労力を投入したとしても、すべての雷粒が爆発するときまでに分析できるのは、そのうちのごくわずかな一部でしょう」

ジョーヤは触角でうなずいた。

「まさにその点が問題です。元帥、できるかぎり多くの情報をわれわれが分析できるよう、雷粒の起爆日時を二カ月延ばしてもらえないでしょうか。ほんとうになにか見つかるかもしれない」

「莫迦なことを！」カチカがかっとしたように叫んだ。「起爆日時は、絶対に遅らすことはできない。一カ月というのは、雷粒の設置に必要な時間だ。それ以上、一秒たりとも延ばすわけにはいかない。夜が長ければそれだけ多くの夢を見る。よくないことが起こるかもしれない。できるだけ早く行動しなければならない！　そのうえわたしは、恐竜世界に蟻たちがいままで知らなかったことがほんとうにあるなど、信じていないのだ」

13 雷粒

ゴンドワナ帝国の皇帝ダダスは巨石市の通信ビルに入った。うしろにしたがえているのは内務大臣と保安大臣だ。通信ビルは巨石市情報ネットワークの中核をなし、首都および全国の情報処理を担っている。ゴンドワナ帝国にはこのようなネットワークセンターが百カ所以上存在し、帝国の巨大な情報網の要《かなめ》となっている。

ダダス一行は通信ビルの広いメインコントロールルームに入った。無数のコンピュータ・ディスプレイが輝く室内では、皇帝の訪れを待っていた恐竜たちが、コンピュータの前の席からうやうやしく立ち上がった。

「ここの責任者は?」

ババト内務大臣がたずねると、二頭の恐竜が進み出て、ネットワークセンターのチーフエンジニアと警備部長だと自己紹介をした。内務大臣は二頭に向かって言った。

「ここで働く蟻は？」

「全員、退去しました」

チーフエンジニアがそう答えると、内務大臣がうなずいた。

「帝国保安局から命令が出ていると思う。想定される蟻の破壊工作を防ぐために、すべてのコンピュータとネットワーク設備について徹底的な検査を実施する。この検査は帝国全土を対象に、あらゆる分野でおこなう。その規模と範囲はこれまでのどの検査をも凌駕する。皇帝陛下がいらっしゃったのは、おまえたちの検査を視察するためだ」

チーフエンジニアが答えた。

「命令を受け、ただちに全面的な検査を実施しました。すべての重要な設備に対して二度の検査をおこない、セキュリティチェックを強化しています。ネットワークセンターの安全は保証できます。ご安心ください！」

「いちばん重要な場所に案内しろ」ダダスが言った。

「それでは、サーバ室に参りましょう」

チーフエンジニアがそう言ってババト内務大臣の顔を見た。大臣がうなずいたので、エンジニアは皇帝一行をネットワークの心臓部——サーバ室に案内した。一行は、何列も並ぶ白いサーバ群のあいだを歩いていく。まわりでは、全世界から送られてくる膨大な量の情報を処理している巨大なコンピュータが、まるで生きているかのように、小さなブーンという音を発していた。

「ここのセキュリティはどのような対策で保たれている?」内務大臣がたずねた。

「サーバ室は、ネットワークセンターで働く蟻が勝手に立ち入ることを禁止しており、メンテナンス作業は恐竜の厳重な監視のもとでおこなわれます」

ネットワークセンターの警備部長はそう答えると、あるサーバの扉に掛けてあるルーペをとった。

「ごらんください、わたしたちはこれを使って蟻の仕事を監視しています。サーバの中に入ったら、一分一秒、蟻はすべて恐竜の監視下に置かれます」

警備部長は周囲を指さし、すべてのサーバの扉に掛けてあるルーペを見せた。

「よろしい」内務大臣はうなずいた。「それでは、外部の蟻が秘密裏に侵入する可能性についてはどのような対策を講じている?」

「まず、サーバルームを厳重に密閉し、外部の蟻の侵入から守っています」

「ふん、密閉だと? ふざけるな!」いままでずっと黙っていた帝国保安大臣が言った。

「わたしは恐竜世界でもっとも厳重に密閉されているという部屋に入ったことがある。帝国銀行の蟻の貨幣用金庫室だ。どのくらい厳重に密閉されていたと思う? 空気を抜いて、金庫室の内部を真空にし、外界の空気をまったく入れないようにしてあった。ほんとうの、完全なる密閉だ。銀行側は、それによって、大銀行を専門に襲う非常に凶悪な蟻の窃盗団に対処できたと考えていた。金庫内には高感度の気体センサーが設置されており、もし蟻が金庫の壁に穴を開けて侵入しようとすると、穴から入った微量な空気をセンサーがただちに検出して警報を出す仕組みだ。しかしそれでもなお、金庫の中の現金は盗まれ、警報機は鳴らなかった。現場検証のときでさえ、蟻がどこからどうやって入ったのかわからなかった。おそらく、小型の真空室を金庫の外壁に貼りつけ、真空室の中で金庫に穴を開け、現金を盗み出すとすぐにその穴をふさいだのだろうと推測されている。そうすれば空気が中に入ることはないからな。蟻の狡猾さは、われわれの想像をはるかに超える。さらに、小さいことが彼らの利点だ。われわれの街に建ち並ぶような巨大な建築群において、密閉によって侵入を防ごうなど、愚かとしか言いようがない」

「それなら、機械のほうを密閉して蟻の破壊工作を防いだらどうだ?」ダダスがたずねた。

「それも困難です、陛下」と保安大臣は答えた。「まず、機械には通風孔、配線孔、光ディスクその他記録媒体の挿入口など、開口部がどうしても必要です。そのうえ、機械を完全に密閉したとしても、蟻の侵入を防ぐことはできません。ご存じのとおり、あの虫けらどもは穴を開ける能力が大変高い。以前、地中の穴で生活していたときの本能なのかもしれません。小さいけれど強力な道具がいろいろあり、あらゆる材料に、自分たちが通れるくらいの小さな穴をすばやく開けることができます」

「ほんとうに機械の安全を保証したいのであれば、ただひとつ有効な方法は、検査、検査、また検査だ。一瞬たりとも気をゆるめてはならない！」内務大臣がチーフエンジニアと警備部長にきびしく言った。

「はい、大臣！」ネットワークセンターのふたりは、心の中で気をつけをしながら、異口同音に言った。

保安大臣は、あるサーバの前で足を止めた。

「このサーバを検査しろ」

警備部長がトランシーバに向かってなにか言うと、すぐに五頭の恐竜エンジニアが走ってきた。懐中電灯とルーペのような道具を携え、専用の機械も二台持っている。恐竜エンジニアはサーバの扉を開け、念入りに検査しはじめた。簡単なことではない。サーバ内部には導線と部品が密集している。恐竜がルーペで細かくチェックしても、それは難解な長文を読むような、あるいは巨大な迷宮をあてどなく歩くようなものだ。ダダス一行の忍耐力が限界に近づいたそのとき、ある恐竜エンジニアが叫んだ。

「異常を発見しました！　雷粒です！」ルーペをダダスにさしだし、「陛下、あそこです。あの緑色の導線の上を見てください！」

皇帝は受けとったルーペでサーバの内部を覗き込むと、満足げにうなずいた。べつのエンジニアが筆のようなものをとりだした。ミニチュアの掃除機だ。その先端を雷粒の位置にあわせ、電源ボタンを押すと、導線の表面に貼りつけられた黄色い小さな円盤を掃除機が吸いとった。

「よくやった！」保安大臣は雷粒を発見したエンジニアの肩を叩き、ダダスの方を見た。「陛下、この雷粒もどきは、セキュリティ・チェックの実効性をテストするため、わたしが命令して、あらかじめ設置させておいたものです」

ダダスは懐疑的な口調で言った。

「ふん。こんな対策にはしょせん限界がある。蟻は小さくて狡猾だ。あいつらが破壊すると決めたら、結局のところ防ぎようがない。わたしはつねづね、蟻の脅威に対する最良の方法は、脅威の源に、もっと大きな脅威を与えることだと思っていた。われわれは蟻の大都市をすでに二つ破壊した。蟻連邦にとって、それがじゅうぶんな抑止効果を果たした。彼らの世界は、われわれの目には砂場のおもちゃでしかなく、恐竜はほんの一日か二日で地球上のすべての蟻都市をたやすく破壊できることを思い知ったはずだ。そのような状況下で、蟻が恐竜世界に組織的な破壊工作をおこなうことはありえない。彼らは絶対的に理知的な生きものだ。感情のない機械のように思考し、行動する。このような思考方法は、利益より損失が大きい冒険を許さない」

「陛下」ババト内務大臣が言った。「もちろんおっしゃるおりです。しかしわたしは、ゆうべ悪夢を見ました。その悪夢がべつの可能性を示唆してくれました」

「最近おまえはいつも悪夢を見ているな」

「巨大な危険が確実に存在すると、直感が知らせてくれているのです。陛下のおっしゃる抑止効果は、ある前提をもとにしています。すなわち、蟻が恐竜世界の一部に対して先に破壊工作をおこなうことです。そうなれば、恐竜世界の残された一部が反撃し、蟻世界を全面的に破壊するでしょう。しかし、もし蟻世界が恐竜世界のすべてに対して同時に破壊工作をおこない、それが成功すれば、わわわれに反撃能力はなくなります。そのような状況では、恐竜の蟻に対する抑止力は存在しません」

ダダスはしばらく考え込んでいたが、やがて首を振った。

「それは机上の空論に過ぎない。現実に起こることのない、極端な状況だ」

「陛下、これは蟻の機械的思考のべつの側面です。理論的に可能であれば、彼らは実行します。彼らの単純な判断力では、常軌を逸しているから実行しないという選択肢はありません」

「それでもやはり、蟻が実際にことを起こす可能性はまずないと余は思う」皇帝ダダスは言った。「帝国の保安体制はじゅうぶん整っている。もし蟻が大規模な行動を起こすとしたら、われわれは事前に察知できる。いま、余がもっとも心配しているのは蟻ではない、ローラシア共和国の恐竜だ。あいつらの帝国に対する脅威はますます大きくなっている！」

＊＊＊

　このとき、その場にいた恐竜以外に、ダダスの話を聞いている者たちがいた。あるサーバのマザーボードの裏に潜んでいた十二匹の兵蟻である。五時間前、給水管を伝って通信ビルにやってきた彼らは、床のごくわずかな隙間からサーバ室に入り、通風孔からこのサーバの内部に侵入した。帝国保安大臣の主張は正しかった。恐竜の巨大な建築物や機器類に、蟻の侵入を阻めるものは存在しない。恐竜の足音を聞きつけた蟻たちは、彼らの街のサッカー・フィールドよりも広いマザーボードの下に急いで身を隠した。サーバの扉が開く音が響き、巨大なルーペが頭上を覆うのがマザーボードの小さな穴ごしに見えた。ルーペには恐竜エンジニアの巨大な目が歪《ゆが》んで映っていた。蟻の兵士たち全員が震え上がったものの、結局、恐竜が彼らを発見することはなかった。

　恐竜エンジニアは自分の仲間が設置した雷粒もどきは発見したが、そのすぐとなりに蟻が設置したばかりの本物の雷粒は見逃した。その雷粒はとても小さく薄く、導線の色と完全に一体化してまったく見分けがつかない。さまざまな色や太さの十数本の導線すべてに薄い雷粒が貼られていた。基板にもいくつか雷粒が貼ってある。基板用の雷粒はさらに高度な変色機能をもち、基板の色に正確に対応して、ひとつの雷粒の中でも場所によってさまざまに色を変えることができるため、導線に貼られた雷粒以上に見つけにくい。これらの基板専用変色雷粒は、設定した時刻になると、爆発するのではなく、強酸を数滴流すことで、ボードにエッチングされた回路を破壊する。

マザーボードの下の蟻たちが凍りついたようにじっと動かずにいるあいだに、恐竜の皇帝と内務大臣との議論が終わった。サーバの扉が閉まると、サーバ内の世界はすぐに夜になった。電源ランプが緑の月のように宙に輝き、ゴーッという冷却ファンの音と、ハードディスクがブーンとうなる小さな音が、かえってこの世界の静けさを際立たせていた。

蟻の兵士のひとりが言った。

「そうとも、あの恐竜大臣の説はすじが通っている。蟻連邦がそんな行動を一度でもとれば、恐竜世界は壊滅する！」

「もしかしたら、おれたちがいまやっている作業がそれかもしれないぞ。わかるもんか」

べつの兵士が言った。

彼らは知る由もなかったが、このとき通信ビルに潜入していた蟻たちは、彼ら十数匹どころではなかった。この大ホールのすべてのサーバの中、下のフロアのすべてのネットワークスイッチの中で、彼らと同じような蟻の小隊が彼らと同じような任務を完遂していた。

彼らは知る由もなかったが、広大な外の世界では、すべての大陸で、一億を超える蟻たちが、恐竜世界の無数の大きな機械類に対して、同じような作業をおこなっていた。

＊＊＊

その日の夜、ババト内務大臣はまた悪夢を見た。無数の蟻が黒いじゅうたんのように連なって鼻から体内に入り込み、また長い列をなして口から出てくる。出てきた蟻たちはみんな口になにかくわえている。それは彼らが嚙《か》みちぎった内臓の一部だった。蟻たちは運んできた内臓のかけらを外に捨てると、また鼻の穴から体内に入り、大きな輪をなす列をつくって何度も何度もループしつづけている。大臣は自分の内臓がからっぽにされる感覚を味わった……

ババト内務大臣の夢には根拠がないわけではなかった。このとき、二匹の蟻が実際に大臣の鼻の穴から体内に入り込んでいたのである。蟻は昼間のうちにベッドルームに侵入し、枕の下に潜んでチャンスを待っていた。そして、恐竜が息を吸うときの風力を利用して、あっという間に鼻孔を通過し、暗い頭の中の通い慣れた道のりを歩いて大脳に到達した。一匹の蟻がヘッドランプをつけると、主要な脳動脈の場所もすぐにわかった。もう一匹が、黄色い血管の半分透き通った外壁に雷粒を貼りつけた。作業を終えた二匹は大脳から撤退し、曲がりくねったルートに沿って頭の中の湿った薄暗い空間を下り、耳部にたどりついた。鼓膜の前まで来ると、ひとすじの光が半透明の鼓膜ごしに射し込んでいた。外部の小さな音が外耳道で拡大され、鼓膜でゴーゴーと鳴り響いている。蟻は鼓膜の下に盗聴器を設置した。

内務大臣の悪夢はつづいていた。内臓はすでにからっぽだが、体内に侵入してくる蟻はさらに増え、体を蟻の巣に変えようとしている……大臣は全身に冷や汗をかいて目を覚ました。

耳の中で緊迫した作業をしていた二匹の蟻は、まわりの世界がとつぜん揺れるのを感じた。つづいて加重がかかる。恐竜が起き上がり、座った姿勢になったのだ。ほどなく、巨大な音が薄暗い空間全体にあふれ、震動で蟻たちの全身が痺れた。音の大部分は頭部の前頭骨から伝わってきた。恐竜本人が話している。

「だれか！　だれかいるか？」

ふたたび声が響いた。今度は外からだった。その音で、恐竜の鼓膜が、ぼやけて見えるほど激しく振動する。

「大臣、ご用ですか？」

頭の中の声が言った。

「高精度3Dスキャナーを持ってきてくれ。すぐに検査する必要がある！」

二匹の蟻ははっとして顔を見合わせた。一匹が言った。

「どうする？　鼓膜を突破して耳道から撤退するか？」

「だめだ、それだとすぐに見つかるぞ！　やはり肺に隠れよう、恐竜はいつも頭部しかスキャンしない」

そこで二匹の蟻は盗聴器を離れ、暗闇の中をすばやく下って、鼻孔のうしろに戻ってから逆方向に進み、すぐに気管の入り口に到着した。そこで静かに待機し、恐竜が息を吸ったときに一気に飛び降りると、呼吸が生む強風とともに飛ぶように気管を通過して肺に入った。暗闇の中で、夜の林に降る小雨のようなシャーという音が聞こえる。大量の肺胞が気体を交換するときに出る音だ。数分後、外から話し声が聞こえた。頭部で聞くよりもかなりくぐもっているが、なんとか言葉を聞き分けることはできた。

「大臣、スキャンが終わりました。異常ありません」

肺の中にいる二匹の蟻は気圧が急激に下がるのを感じた。恐竜が長いため息をついたのだ。

「大臣、今夜はもう三度もスキャンをされていますが、結果はすべて正常でした。心配し過ぎではありませんか？」

「心配し過ぎだと？　おまえたち莫迦になにがわかる？　ローラシアの脅威ばかり心配し、すべての力を恐竜大国との核大戦への準備に費やすなか、帝国で唯一わたしだけが冷静なのだ。ほんとうの脅威がどこにあるのかわかっているのはわたしだけだ！」

「しかし……この数日のスキャンで異常は見られません」

「わたしはおまえたちの機械が正常かどうか疑っている」

「大臣、機械は問題ないはずです。わたしたちはすでに皇宮医療センターのすべてのスキャナーを使用しました。さらに、今回は指示されたとおり、巨石市のべつの大病院から運んできた機械を使っています。すべての機械の検査結果は同じです」

内務大臣の肺の中では、二匹の蟻が緊張したようすで顔を見合わせた。一匹が言った。

「危なかった！　巨石市のスキャナーのマイクロチップ破壊工作はきょうの午前中に終わったばかりだ。もうちょっと遅かったら、雷粒も盗聴器もぜんぶ見つかっていたところだ！」

ゴンドワナ帝国ババト内務大臣はベッドに戻り、ふたたび悪夢の中に入っていった。肺にいた二匹の蟻は音もなく鼻から出てベッドの下に降り、床を通ってベッドルームから撤退していった。

そのとき、すべての大陸で、二千万匹の蟻が五百万頭の恐竜の頭部に侵入し、命を奪う雷粒を脳動脈に設置し、同時に数百万頭の恐竜（ゴンドワナ帝国のダダス皇帝とローラシア共和国のドドミ総統を含む）の耳の中に盗聴器を仕掛けた。これらの盗聴器がすでに作動しはじめていた。収集された大量の情報は、それぞれの大陸にあまたある中継ステーションを経て、蟻連邦最高司令部の一台の巨大コンピュータに送られた。蟻連邦首席科学者ジョーヤが率いる新設の機構がその分析にとりかかった。彼らは、海に落とした針を探すようにして、蟻が知らない恐竜世界の秘密を見つけ出そうとしていた。

14　海神と明月

　蟻連邦最高司令部では、カチカ最高執政官と防衛大臣兼連邦軍総司令官ローリエ元帥が、恐竜世界を壊滅させるための巨大作戦を指揮していた。二つの大きなディスプレイには、断線作戦と断脳作戦の進行状況が映し出されている。断線作戦を示すディスプレイの下方では、数字が増えつづけていた。それは、恐竜世界の機械にいま仕掛けられている雷粒の数を示している。同時に、ディスプレイ上の世界地図では、たえず変化しつづける光の点と丸、矢印で各大陸がびっしり埋まっていた。これは、雷粒が仕掛けられている座標などを示すものだ。断脳作戦のディスプレイ上でも数字が増えつづけている。こちらは恐竜の大脳に仕込まれた雷粒の数で、数字が増えるごとに、ディスプレイには大脳に雷粒を仕掛けられた恐竜の名前とその地位などの情報が表示された。

「すべて順調のようですね」ローリエ元帥がカチカ最高執政官に言った。

そのとき、ジョーヤ首席科学者が駆け込んできた。カチカは博士に向かって言った。

「おお、ジョーヤ博士。一週間ぶりだな！　ずっと盗聴器の情報を分析していたのか？　そのようすでは、さぞや驚くべき秘密が明らかになったのでしょうね」

ジョーヤが触角をうなずかせた。

「そのとおりです。いますぐお二方にお伝えしなければなりません」

「こちらも忙しい。手短に」

「この録音を聞いてください。きのう開かれた、ゴンドワナ帝国とローラシア共和国の首脳会談を盗聴したものです。ダダスとドドミが対話しています」

「その会談にどんな秘密があると？」カチカが面倒くさそうに言った。「核兵器削減問題をめぐって両国が決裂したことはもうわかっている。ゴンドワナとローラシアは一触即発の状態だ。わたしたちの行動が正しかったことが証明された。恐竜世界が核戦争をはじめる前に、彼らを滅ぼさなければならない」

「それはメディアに発表された公式会談の内容です」ジョーヤ博士が言った。「お聞かせしたいのは、秘密裏におこなわれた会談の一部です。その中に、われわれがこれまで知らなかった情報があります」

博士が機器を操作すると、録音データの再生がはじまった。

ドドミ　ダダス帝、あなたは本気で、蟻が容易に屈すると思っているのか。彼らが恐竜世界の仕事に戻ったのはただの時間稼ぎ。蟻連邦が恐竜世界に対し重大な陰謀を企んでいることはほぼ確実だ。

ダダス　ドドミ総統、そんなこともわからぬほどわたしが愚かだとお思いか？　しかし、ローラシアの〈明月〉がカウントダウンをつづけていることにくらべたら、蟻の脅威どころか、貴国の核の脅威ですら、とるに足りないものに思える。

ドドミ　たしかに、〈明月〉と〈海神〉は、地球文明にとって、蟻の脅威や核戦争のリスク以上に大きな危険だ。この問題について先に話し合おう。〈明月〉についてわれわれを責めるのはすじ違いだ。先にカウントダウンをはじめたのは〈海神〉のほうだからな！

「止めろ、止めてくれ」カチカが触角を振って言った。「博士、彼らはなにを言っている？」

ジョーヤは録音の再生をストップした。

「この会話には二つの重要な謎が含まれています。彼らの言う〈明月〉と〈海神〉とはなにか？　そして、カウントダウンとはなんなのか？」

「博士、恐竜の指導者たちはよく妙な暗号を使うじゃないか。なにをそう疑っている？」

「彼らの会話から、それがとても危険なものであり、地球全体にとって脅威となることがわかります」

「論理的に考えてそれはありえないよ、博士。地球にとって脅威となるものなら、巨大な設備のはずだ。たとえば核兵器なら、地球文明を破壊するのに、少なくとも一万以上の大陸間弾道ミサイルを発射しなければならない。とてつもなく大きな設備だろう？ そのような巨大で複雑なシステムは、蟻がメンテナンスに関わらなければ、正常に運用できるわけがない。言い換えれば、そんなものが存在するとしたら、蟻連邦が知らないはずがない。実際、二つの恐竜国家の核兵器システムは蟻のメンテナンスが欠かせない。われわれはこのシステムの情報をすべて掌握している」

「執政官、おっしゃることには同意します。蟻に見つからずに存在する巨大施設など、地球上にありえません。しかし、蟻によるメンテナンスなしに運用できる、単純で規模の小さな施設なら、われわれが知らないこともありえます。たとえば、大陸間弾道ミサイルであれば、蟻が関与しなくても、いつでも発射可能な状態を保ちながら長時間スタンバイさせることが可能です。もしかしたら〈明月〉と〈海神〉もそういう種類のものかもしれません」

「だとすれば心配ない。そのような小さな設備では、地球に脅威など与えられないだろう。もっとも熱量の高い熱核爆弾でさえ、地球全体を破壊するには何万発も必要だ」

ジョーヤは数秒のあいだ沈黙し、カチカに近寄った。触角がふれあい、目と目がぶつかりそうな距離だった。

「問題はそこです。最高執政官。核弾頭ミサイルはほんとうに地球上でもっとも威力のある兵器でしょうか？」

「そんなことは常識だろう、博士」

ジョーヤ博士は首をすくめて、触角でうなずいた。

「そうです。常識です。しかしこれこそが、蟻の思考における致命的な欠陥です。われわれの思考は常識に縛られる。しかし恐竜は、つねに未知の領域を見つめています。恐竜は天文観測によって遥か遠い宇宙にクエーサーなる天体があると発見しました。この種の天体は、ひとつの星系に相当するエネルギーを発出します。そのエネルギーとくらべたら、核融合のエネルギーなど蛍の光より弱いものです。また恐竜は、物質が星間のブラックホールに落ちるときに、強烈な放射能エネルギーを発出することも発見しました。そのエネルギー発生率は核融合よりはるかに大きいものです」

「博士の言っていることは地球から幾千幾万光年も離れた、はるか遠いものだろう、現実とは関係ない」

「でしたら、現実と関係する、ある事件をご紹介しましょう。三年前、夜空にとつぜん現れたあの新太陽をご記憶ですか？」

カチカとローリエはもちろん覚えていた。前代未聞のこの出来事は、彼らの脳裏《のうり》に強烈な印象を刻んでいる。あれは、とても寒い冬の夜のことだった。南半球の上空にとつぜん新しい太陽が現れ、世界は一瞬で昼間のように明るくなった。その光はとてつもなく強烈で、直視するとしばらく目が見えなくなるほどだった。その新しい太陽はおよそ二十秒のあいだ輝き、すぐに消えた。厳冬の夜が、放射線の熱によって夏のように蒸し暑くなり、溶けた雪が起こした大洪水にいくつもの街が呑《の》み込まれた。この事件は当時、蟻たちを恐怖のどん底に陥れた。蟻たちは恐竜の科学者にどういうことなのかたずねたが、いったいなにが起きたのか彼らにも説明できず、好奇心に乏しい蟻たちはそのことをすぐに忘れてしまった。

「当時、蟻の天文学者が観測によって確認した唯一の事実は、新太陽は地球からおよそ一天文単位の距離にあるということでした。つまり、地球とわれわれの太陽との距離と同じくらいということです。この距離と、地球が受けとったエネルギーをもとにして、新太陽が放出したエネルギーの量をおよそ推測することができます。

このように巨大なエネルギーが核融合によって生まれたのであれば、あの位置には体積が相当大きな天体が存在することになります。しかし、それまでの天文観測によって、そのような天体は存在しないことがわかっています。言葉を変えれば、この太陽系には、核融合よりも効率の高いエネルギープロセスが存在するということです」

「博士、その話もやはり、現実とは関係ない」カチカはやはり不機嫌そうに言った。「たとえそのようなエネルギーが実在するとしても、恐竜がすでにそれを地球上で手に入れているという証拠はない。実際、そのようなことはありえない。認識すべきは、一天文単位の距離がはるか彼方だということだ。恐竜のロケットはおおかた低軌道を運行している。そんなに離れた宇宙に行くのは、彼らにとっても容易ではない」

「わたしも以前はそう考えていました。しかし……つづきをお聞きください」ジョーヤはそう言って、ふたたび再生ボタンを押した。

ダダス　このゲームは危険すぎる。すでに限界を超えている。ローラシアはただちに〈明月〉のカウントダウンを停止するか、カウントをリセットすべきだろう。そうすれば、ゴンドワナも追随しよう。

ドドミ　ゴンドワナが先に〈海神〉のカウントダウンを停止すべきだ。そうすれば、ローラシアも追随する。

ダダス　先に〈明月〉のカウントダウンをはじめたのはローラシアではないか！

ドドミ　しかし皇帝、それを言うなら、そもそも三年前の十二月四日に、もしゴンドワナの宇宙船が宇宙であのようなことをしでかさなければ、〈明月〉も〈海神〉もはじめから存在しなかった！　あの悪魔はとっくに彗星《すいせい》軌道に乗って太陽系を出て、地球とはなんの関係もなかったはずだ！
ダダス　あれは科学研究のために……
ドドミ　もうたくさんだ！　あなたはいまもそうやって恥知らずな言い訳をくり返している！　ゴンドワナ帝国は地球文明を破滅の崖《がけ》っぷちまで押しやった。あなたがたのような犯罪者に、要求をつきつける資格はない！
ダダス　どうやらローラシア共和国は先に譲歩するつもりがないようだな。
ドドミ　ゴンドワナ帝国は譲歩するのか？
ダダス　よかろう。われらは地球が破滅しても気にかけない。
ドドミ　そっちが気にかけないなら、われわれも気にかけない。
ダダス　わっはっは。おおいにけっこう。そもそも恐竜は、なにごとも気にかけない種属だからな。

ジョーヤ博士は再生を止めると、カチカ最高執政官とローリエ元帥のほうを向いて言った。

「お二人とも、会話に出てきた日付に気づかれたことと思います」

「三年前の十二月四日ですか？」ローリエが言った。「新太陽が現れた日ですね」

「そうです。すべてをつなぎ合わせると、お二人はどのようにお考えでしょうか。わたしは背筋が凍りつくような気持ちです」

「博士がこの謎を解明したいと言うなら、反対はしない」カチカが言った。

ジョーヤはため息をついた。

「口でいうほど簡単ではありません！　この謎を解く最善の方法は、恐竜の軍用ネットワークを調べることです。しかし、蟻のコンピュータは、恐竜のものと構造的にまったく異なります。そのため、恐竜コンピュータのハードウェアにはいつでも侵入できますが、いまに至るまで、ソフトウェアに侵入できたためしはありません。だからこそ、盗聴のような原始的な方法で情報を収集するしかなかったのです。しかしこの方法では、短時間で秘密を暴くことなど不可能です」

「わかった。博士、調査に必要な資源は提供しよう。しかし、いまおこなっている恐竜との全面戦争に、この件が影響することはない。いま、わたしの背筋を凍らせる唯一の可能性は、恐竜帝国がこのまま存在しつづけることだ。博士はずっと幻の中で生きている。連邦がいまおこなっている偉大な事業に対して、なんの益もない」

ジョーヤはそれ以上なにも言わず、その場から歩み去った。翌日、博士は姿を消した。

15　裏切りと逃亡

　二匹の兵蟻が、ゴンドワナ帝国の宮殿をこっそり出て、正門までやってきた。彼らは、宮殿のコンピュータシステムと恐竜の頭に雷粒を仕掛ける任務を終えて撤収する三千の兵士の最後の二匹だった。扉の下の隙間から這い出ると、大きな階段を降りようとしたが、最初の一段の垂直な崖の上で、こちらに登ってくる蟻の姿を見つけた。

「おや、あれはジョーヤ博士じゃないか？」一匹が驚いたように言った。

「連邦首席科学者の？　そうだ、博士だ！」

「ジョーヤ博士！」二匹の兵蟻がそろってにおい言語を強く発して呼びかけた。

　ジョーヤが顔を上げて彼らを見ると、ぶるっと体を震わせ、どこかに隠れようとした。しかし、すこし考えてから、いまさらどうしようもないという結論に達したらしく、兵士たちのもとに登ってきた。

「博士、ここでなにをされているのですか？」

「なにをしているかって？　はは、宮殿の雷粒設置状況を視察に来たんだよ」

「設置はすべて終わり、部隊も撤退しました……あなたのような階級の高官が、どうしてこんなところにいらっしゃるのですか？　危険すぎます！」

「絶対に……絶対に来なくてはならなかった。知ってのとおり、このエリアは鍵となる場所だからね」

ジョーヤ博士はそう言いながら、宮殿の門に向かって早足で歩き出し、ほどなく門の下の隙間に消えた。

「どうしてこんなところにいるんだろう？」兵蟻が、ジョーヤが消えた方向を見ながら言った。

「どうもようすがおかしいぞ。トランシーバを出せ。早く長官に報告しろ！」

＊＊＊

ゴンドワナ帝国の主要閣僚が参加する恐竜会議の最中、ダダス皇帝のもとに秘書がやってきて耳打ちした。

「蟻連邦の首席科学者ジョーヤ博士が緊急の要件で謁見を賜りたいと申しております」

「待たせておけ」ダダスは前肢を振って答えた。「会議が終わってからにしろ」

秘書は部屋を出ていったが、すぐにまた戻ってきた。

「きわめて重大な要件なので、ただちにお目にかかりたいと言って聞きません。内務大臣、科学大臣、帝国軍総司令官にも同席してほしいとのことです」

「莫迦め。なんと無礼な虫けらだ。待たせておけ。それが無理なら追い返せ！」

「しかし……」

秘書は列席の大臣たちを見ながら、皇帝の耳もとに口を寄せて、小声でささやいた。

「蟻連邦から亡命してきたと申しております」

内務大臣が口をはさんだ。

「ジョーヤは蟻連邦政府の重要なメンバーです。彼の考えはほかの蟻たちとは異なります。このような方法をとるということは、なにかほんとうに一刻を争う用件があるのでしょう」

「わかった。ここに連れてこい」ダダスは広い会議テーブルを指して言った。

秘書はただちにジョーヤ博士を運んでくると、会議テーブルの上に下ろした。

「わたしは地球を救うために来ました」

ジョーヤはテーブルのなめらかな平原に立ち、山脈のように周囲にそびえる恐竜たちに向かって言った。翻訳機が彼のにおい言語を恐竜語に翻訳し、見えないスピーカーを通して流している。

「ふん、大きく出たな。地球はなんともないぞ」ダダス皇帝は冷たく笑った。

「すぐにそうは思えなくなります。まず、質問にお答えいただきたい。〈明月〉と〈海神〉とはなんですか？」

恐竜たちはただちに警戒心をあらわにした。たがいに目配せを交わすばかりで、ジョーヤのまわりの山々は沈黙をつづけた。しばらく経ってから、ダダスがようやく質問に質問で応じた。

「なぜ教えねばならんのだ？」

「陛下、もしそれがわたしの予想しているとおりのものであれば、わたしも恐竜世界の存亡に関わるわがほうの重大な秘密をお教えします。この交換条件には価値があると思っていただけるはずです」

「もし予想しているものでなかったら、そなたはどうする？」ダダスは陰鬱《いんうつ》な表情でたずねた。

「その場合、わたしがわがほうの秘密を告げることはありません。そちらの秘密が漏れぬようにわたしを永遠にここに閉じ込めても、あるいは殺してもかまいません。いずれにしろ、みなさんには損はないはずです」

ダダスは数秒黙り込み、それからテーブルの左側に座っている科学大臣に向かってうなずいた。

「教えてやれ」

＊＊＊

蟻連邦の最高司令部で、ローリエ元帥は受話器を置くと、カチカ最高執政官に向かってけわしい表情で言った。

「ジョーヤ博士の行方が判明しました。雷粒設置任務を終えて撤退するところだった第二百十四師団の兵士二名が目撃したとのことです。博士はゴンドワナ宮殿に入っていくところでした。悪い予想があたったようです。博士は亡命しました」

「恥知らずの裏切り者め！　あいつが恐竜になにを話しているのか知りたい。宮殿にいる恐竜の頭部にはすべて盗聴器が設置してあるだろう？」

「しかし、宮殿外に設置した中継機をジョーヤが破壊しました。いま修理を派遣したところです。しばらくは聞くことができません」

「聞けなかったとしても、彼が蟻連邦の戦争計画全体を売り渡したとわたしは確信している！」

「わたしもそう思います。どうやら、計画全体に危険が迫っています！」

「雷粒の設置はどうなっている？」

「断線作戦はすでに九二パーセント完了しています。断脳作戦も九〇パーセントまで終わりました」

「起爆を早めることはできるか？」

「もちろんできます！　すべての雷粒はタイマーとリモートコントロール、二つの方法で起爆します。われわれはすでにいくつもの中継ステーションを建設しました。リモートコントロールの信号は恐竜世界すべてをカバーしていますから、いつでもすべての雷粒を起爆できます！　執政官、いまこそ果断に行動するときです、ご命令を！」

カチカは世界地図が映るディスプレイの方を向くと、色とりどりに輝く大陸を眺めながら数秒のあいだ黙り込み、おもむろに言った。

「地球の歴史の新しい一ページをめくろう。十分後に爆破！」

＊＊＊

数名の恐竜大臣の話を聞き終えると、ジョーヤは衝撃のあまり眩暈《めまい》に襲われ、声を出すどころか、立っているのもやっとの状態に陥った。

「どうだ、博士？　約束どおり、そちらの秘密を教えてもらおうか？」ダダス皇帝が言った。

ジョーヤは夢から醒《さ》めたように口を開いた。

「なんと……なんとおそろしい！　あなたがたは悪魔だ！　しかし、蟻も悪魔だ……早く、いますぐ蟻連邦の最高執政官に電話してください！」

「まだ秘密を聞いていないぞ……」

「陛下、秘密を話している時間はありません！　蟻連邦はわたしがここにいることをもう知っています。作戦を早める可能性がある。恐竜世界の破滅は目前です、そのすぐあとには地球の破滅が待っている！　信じてください、早く電話を！　早く！」

「いいだろう」

恐竜の皇帝はテーブルの電話機を引き寄せ、太い指で巨大なボタンをひとつずつ押しはじめた。ジョーヤ博士は気が気でないようすでじりじりとそれを見守っている。ダダスが前肢で持つ受話器からかすかに呼び出し音が聞こえてきた。数秒後、呼び出し音が止まり、カチカ最高執政官が米粒のような電話をとったのがわかった。自動翻訳システムを通して受話器から声が聞こえた。

「もしもし？　だれだ？」

「カチカ執政官か？」ダダスが受話器に向かって言った。「ダダスだ。いま……」

そのとき、小さなカチッという音が会議室に響いた。まるで無数の時計の秒針が同時に動いたようだった。その音がなんなのか、ジョーヤ博士にはわかっていた。恐竜たちの頭の中から響く、雷粒の爆発音だ。その瞬間、部屋にいるすべての恐竜が、一時停止ボタンを押されたかのようにいっせいに体を硬直させた。ダダスの持っていた受話器が机の上のジョーヤのそばに落ち、天地を揺るがす音を響かせた。つづいて、その場にいた恐竜たちがほぼ同時に轟然《ごうぜん》と倒れ、会議テーブルを揺らした。恐竜という山が消えて、地平線の向こうがからっぽになった。ジョーヤは受話器によじのぼると、カチカの声がまだ聞こえていた。

「もしもし、カチカだ。なんの用だ？　もしもし……」

受話器の中の金属板が振動し、上に立つジョーヤの全身がしびれた。

「執政官！　ジョーヤです！」と大声で叫んだが、先ほどまでとは違って、におい言語が音に変換されることはなく、電話回線の向こうにいるカチカには届かなかった。宮殿の翻訳システムはすでに雷粒によって破壊されていた。ジョーヤは電話に向かって話すのをやめた。もう手遅れだ。

そのとき、会議ホールのすべての照明が消えた。時刻はすでに夕方になっていたから、すべてが薄闇の中に埋もれた。ジョーヤがいちばん近い窓に向かって歩いているうちに、都市交通の喧騒がばったり途絶えた。なにもかも、死んだように静まり返っている。

ジョーヤが天板の縁にたどりつき、テーブルの脚を伝って下に降りはじめたとき、外からさまざまな不協和音が聞こえてきた。最初は恐竜が走りまわる足音と叫び声だったが、それが宮殿の外から聞こえていることはわかっていた。なぜならこの宮殿の中に、生きている恐竜は一頭もいないからだ。彼らは頭に埋め込まれた雷粒によってみんな死んでしまった。次に、街からサイレンが聞こえてきた。とぎれとぎれに長くつづいたものの、やがてその音もやんだ。

ジョーヤが窓に向かって床を半分ほど進んだとき、かすかな爆発音が響いた。ようやく窓にたどりついて外を見ると、巨石市の市街を眼下に一望できた。夕方の街は薄闇に包まれ、暮れなずむ空に細い煙の柱が何本か立ち昇っている。煙の柱はみるみる数を増やした。数本の柱の根もとから火の手が上がり、町のシルエットが炎の中に見え隠れしている。どんどん広がる炎にガラス越しに照らされて、ジョーヤの背後の高い天井に暗い影が踊っていた。

16　究極の抑止

「やりました！」

　ローリエ元帥は、ディスプレイに映る赤く瞬く世界地図を見ながら、興奮した口調で叫んだ。

「恐竜世界は完全に機能を停止しました。情報システムはすべて遮断され、あらゆる都市で電力供給がストップしています。雷粒で破壊された車がすべての道をふさぎ、各所で火炎が発生しています。断脳作戦によって、指導的地位にある四百万以上の恐竜が死亡しました。ゴンドワナ帝国とローラシア共和国の政府機構はすでに存在しません。二つの恐竜大国は脳を失ってショック状態にあり、社会全体が大混乱に陥っています」

「まだはじまったばかりだ」カチカ最高執政官が言った。「恐竜の都市はすべて断水している。備蓄食糧も消費量の多い住民にたちまち食い尽くされるだろう。それから先がほんとうの地獄だ。膨大な数の恐竜が都市を捨てるだろうが、鉄道網が麻痺し道路もふさがっているいまの状況では、短時日のうちに疎開することは不可能だ。恐竜が一日に必要とする食糧は多すぎる。じゅうぶんな食糧が行き渡るまでに、少なくとも半数が餓死するだろう。実際、都市を放棄した時点で、恐竜のテクノロジー社会は完全に崩壊し、原始的な農業時代に逆戻りすることになる」

「両大国の核兵器システムはどうですか？」だれかがたずねると、ローリエ元帥が答えた。

「われわれの予想どおり、大陸間弾道ミサイルや戦略爆撃機も含め、恐竜の保有するすべての核兵器は、大量の雷粒により鉄屑《てつくず》となりました。想定外の原子力事故や放射能汚染は一件も発生していません」

「ブラボー！　最高の瞬間だ」カチカは愉快そうに言った。「あとは恐竜世界が自滅するのを待つだけだ」

そのとき、伝令から報告が寄せられた。ジョーヤ博士が最高司令部に戻り、カチカとローリエに至急会いたいと言っているという。疲労困憊《こんぱい》したようすの首席科学者が部屋に入ってくると、カチカは鋭く叱りつけた。

「博士、肝心なときに蟻連邦の偉大な計画に背を向けるとは、厳罰は覚悟のうえだろうね！」

「わたしがこれから話すことをすべて聞けば、罰を受けるべきはだれなのか、おのずと明らかになるでしょう」ジョーヤは冷たく言った。

「いったいなんのためにゴンドワナの皇帝のもとへ行ったのです？」ローリエ元帥がたずねた。

「〈明月〉と〈海神〉がなんなのかわかりました」

この言葉を聞いて、蟻たちは高揚から醒め、ジョーヤ博士に視線を集めた。

ジョーヤはまわりを見渡してから質問した。

「まず、この中で、反物質がなんなのかご存じのかたは？」

蟻たちは黙り込んだが、カチカが口を開いた。

「多少は知っているぞ。反物質は、実際には見つかっていないものの、この宇宙に存在するのではないかと恐竜の物理学者たちが推測している物質だ。原子を構成する粒子の電荷がわれわれの世界の物質とは反対になっている。電子は正の電荷を帯び、陽子は負の電荷を帯びる。こういう物質はわれわれの世界の物質の量子鏡像だ」

「推測ではありません。恐竜は宇宙を観測する過程で、反物質の存在をとっくに証明していました」ジョーヤは言った。「反物質に関しては、もっと多くをご存じのかたもいらっしゃるでしょう？」

「ええ」ローリエ元帥が言った。「反物質がわれわれの世界の物質と接触すると、両者の質量がすべてエネルギーに転換される」

「その過程を、正反物質の対消滅と呼びます」ジョーヤは触角でうなずいた。「みなさんが最大の威力を持つと考えている核爆弾は、爆発するときに核物質の一パーセントにも満たないごくわずかな一部をエネルギーに転換するだけですが、正反物質が対消滅するときのエネルギー効率は一〇〇パーセントです！　核爆弾よりも強力な兵器があることがこれでおわかりでしょう。物質と反物質が対消滅することで生まれるエネルギーは、同じ質量の核爆弾の二桁も三桁も大きくなります」

「しかしそれが、謎の〈明月〉や〈海神〉となんの関係がある？」

「最後まで聞いてください。三年前、南半球の夜にとつぜん現れた新太陽を覚えていますか？　恐竜の天文学者による観測では、あの閃光は、彗星の軌道に沿って太陽系に侵入した小天体から発せられたものでした。天体はとても小さく、直径三十キロ足らず。宇宙を漂う小さな石ころにすぎません。しかし強い閃光を発したので、恐竜は好奇心を刺激され、近距離で観察しようと、探査機を送り出しました。するとその小天体は、反物質でできていることが判明したのです！　その天体が小惑星帯を通過するさいに岩石とぶつかり、対消滅によって巨大なエネルギーが生まれ、あの閃光となったのです。当時、ローラシアとゴンドワナはそれぞれ探査機を打ち上げて、同じ観測結果を得ています。その爆発によって、大小さまざまな多くの反物質のかけらが宇宙に飛び散りました。恐竜の天文学者は、そうしたかけらのいくつかの位置をすぐに特定しました。これはむずかしいことではありません。太陽風に吹かれた小惑星帯の物質が反物質とぶつかって対消滅を起こすと、飛び散ったかけらの表面が特殊な光を発するからです。太陽との距離が近いほど、その光は強くなります。このころ、ローラシアとゴンドワナは軍拡競争のピークにありました。そこで、二つの恐竜大国は、常軌を逸したアイデアを同時に思いつきました。反物質のかけらを地球に持ち帰り、核兵器よりもはるかに威力のあるスーパー兵器として保持することで相手を威嚇しよう……」

「待て待て」カチカが博士の話をさえぎった。「話に明らかな矛盾があるぞ。反物質が物質と接触して対消滅するのなら、どんな容器に入れて地球に持ち帰る？」

「恐竜の天文学者は、その反物質天体のかなりの部分が反物質の鉄でできていることをつきとめました」ジョーヤ博士は説明をつづけた。「宇宙で位置が特定されたかけらは、すべてこの〝反鉄〟でした。反鉄は、ふつうの鉄と同じく、磁場の影響を受けます。それが保管問題を解決する糸口になりました。内部が真空の容器をつくり、内壁と接触しないよう、強力な磁力で反鉄を容器の中央に固定する。こうすれば、どんな場所でも、反物質の保管や輸送が可能になります。もちろんこのアイデアは、最初は理論上可能であるというだけのものでした。そんな容器を使って反物質を地球に持ち帰るなど、常軌を逸しているとしか言いようのない、危険きわまる行為です。しかし、逸脱は恐竜の本性です。世界に覇を唱えたいという欲望がすべてに勝りました。彼らはほんとうにこの計画を実行したのです！

地獄への第一歩を最初に踏み出したのはゴンドワナ帝国でした。彼らが開発した磁場閉じ込め式の容器は、中が空洞になっている球体で、反物質のかけらを採集するさいは球体が二つに分かれ、それぞれ宇宙船のロボットアームに固定されます。宇宙船がゆっくり反物質のかけらに近づくと、ロボットアームは二つの半球を両側から慎重に近づけ、球体の中にかけらを閉じ込めます。それと同時に超伝導体がつくる磁場が球体内部で働きはじめ、かけらが球体の中央で安定したことを確認すると、宇宙船は球体を船内に格納し、地球に持ち帰ります。

もしローラシア共和国がもっと早くゴンドワナ帝国の行動を知っていたら、武装宇宙船を出動させ、反物質のかけらを輸送するゴンドワナの宇宙船を宇宙で阻止したでしょう。しかしローラシアが情報を得たときには、あとの祭りでした。ゴンドワナの宇宙船はすでに球体容器を搭載して地球の大気圏に入っていました。その段階になって阻止しようとしたら、反物質のかけらが大気圏で対消滅することは避けられません。かけらの重さは四十五トンにもなります。もし大気圏で対消滅が起こり、合計九十トンの正反物質が大気圏内で純エネルギーに転換されれば、その巨大なエネルギーは地球上のすべての生命を消滅させるでしょう。ローラシア共和国の恐竜も、もちろんゴンドワナ帝国とともに倒れたいはずもなく、宇宙船が海面に着水するのをただ固唾《かたず》を呑んで見守るしかありませんでした。

作戦の次の段階は、それ以上の逸脱の産物でした。ゴンドワナ帝国の宇宙船が着水したあと、例の球体容器は大型貨物船に移されました。この貨物船の船名が海神号だったため、以後、この船に乗せられた反物質は〈海神〉と呼ばれるようになったのです。この貨物船はゴンドワナ大陸に戻ることなくローラシア大陸に向かい、ローラシア最大の港に入りました。この航海のあいだじゅう、ローラシア側はこの厄災の船に手を出す勇気がなく、なんの妨害もしなかったため、船は無人の海を行くようにすんなりと港に入りました。海神号が投錨《とうびょう》すると、恐竜の乗組員たちは船を港に残したまま、ヘリコプターでゴンドワナに帰りました。

ローラシアの恐竜は、海神号を神のようにうやうやしく慎重に扱い、いかなる軽挙妄動も控えました。なぜなら、ゴンドワナ帝国が球体をリモートコントロールしていることを知っていたからです。ゴンドワナ側は、いつでも球体内部の磁場を切り、反物質と容器を接触させて対消滅を引き起こすことができます。もしそんなことが実際に起これば地球全体が破滅を免れませんが、最初に消滅するのはローラシア大陸です。大陸上のすべては、海岸に出現した死の太陽の烈火のもと、一瞬で灰になるでしょう。ローラシア共和国にとってまさしく終末の日です。こうしてゴンドワナ帝国は地球上の全生命の生殺与奪の権を握り、これ以上なく横暴になって、ローラシアに領土を要求し、核武装の解除を命令しました。

しかし、このような一方的な局面は長くはつづきませんでした。ゴンドワナの海神作戦から わずか一カ月後、ローラシアもあとを追うように同じ技術を用いて宇宙から第二の反物質のかけらを地球に持ち帰り、ゴンドワナ帝国と同じことをしました。明月号という貨物船に反物質を乗せ、ゴンドワナ大陸最大の港に運んだのです。

恐竜世界はふたたびバランスをとり戻しました。究極の抑止力による均衡状態です。こうして地球は破滅の縁に立たされることになったのです。

世界的なパニックを避けるため、海神作戦と明月作戦は極秘裏に進められました。恐竜世界であっても、ごく少数の恐竜しか詳細を知りません。この二つの兵器は、費用を惜しまず、パーツ単位で交換可能なモジュール構造を採用した信頼性の高い設備を使用しており、システムの規模も大きくないため、蟻のメンテナンスを必要としません。蟻連邦は、いまに至るまで、それについてなにも知りませんでした」

＊＊＊

ジョーヤの話に司令部のすべての蟻は縮み上がり、勝利の高揚感から恐怖の奈落へと一気に突き落とされた。カチカ最高執政官が言った。

「常軌を逸しているどころではない。異常にもほどがある。全世界が滅びることを前提とする究極の抑止力など、いかなる政治的意義も軍事的意義もない。完全な異常者の発想だ！」

「博士、あなたが褒めそやした恐竜の好奇心とイマジネーションと創造力がたどりついたゴールがこれですよ」ローリエ元帥が辛辣《しんらつ》な口調で言った。

「そんな皮肉を言っている場合ではありません。世界が直面している危険に話を戻しましょう」ジョーヤは言った。

「現在、すくなくとも世界の破滅はまだ現実になっていない」カチカが言った。「地球上の二つの反物質は、いまも完全な状態で磁場の容器に入っているということだ」

ローリエが触角でうなずいた。

「そのとおりです。反物質の起爆命令は、核ミサイルの発射命令と同じく、指揮系統の最高レベルにある恐竜しか発することはできないでしょう。そしていま、その資格を持つ恐竜はきっともう死んでいるから、その命令が出されることは永遠にない。機械の故障や指揮系統の混乱も、反物質の起爆のひきがねを引くことはないでしょう。核ミサイルの発射と同じく、そのような重大な攻撃命令は、きわめて複雑な操作と保安手順を突破する必要がある。ほんのちょっとしたことでも、なにか異常があればシステムはシャットダウンされるはずです」

「その二つの球体容器の磁場はどのくらい保つ？」

カチカがたずねると、ジョーヤが答えた。

「かなり長い期間保つでしょう。磁場は超伝導体の循環電流によって生まれますが、この電流の減衰には長い時間がかかります。しかも、海神号と明月号には、長期間にわたって給電できる原子力バッテリーが搭載されており、外部の電力に頼らなくても電流の減衰を補うことが可能です。恐竜の技術者によれば、磁場は少なくとも二十年は維持できるということでした」

「それなら、わたしたちがやるべきことははっきりしている！」カチカがきっぱりと言った。「ただちに明月号と海神号を見つけ出し、二つの球体容器のまわりに障壁を建設して、外部の電気信号を完全に遮断する。そうすれば、まず外部からの信号による起爆は避けられる」

「次に、二つの容器をなんとかして宇宙空間に発射します。困難な作業ですが、時間はある。恐竜の残した宇宙船とロケットを使えば、なんとかできるでしょう」ローリエ元帥が言った。

蟻たちはふたたび勝利の希望を見出し、作戦の細部について口々に討論をはじめた。

「もし執政官のおっしゃる作戦を実行すれば、地球はかならず破滅します」ジョーヤがだしぬけに言った。

蟻たちは議論をやめ、いっせいにジョーヤ博士を見た。彼らには、首席科学者の言葉の意味がわからなかった。ジョーヤはつづけた。

「恐竜大国の元首たちが言及していた〝カウントダウン〟の話をしなくてはなりません。当初、両大国はわたしの想像どおりの方法で〈海神〉と〈明月〉を制御していました。つまり、本土のリモート・ステーションはつねに警戒体制にあり、自分の国が相手から攻撃を受けたら、リモート信号を発して、敵国の港にある反物質を起爆するというものです。しかし、両国ともすぐに、この制御方法には欠陥があると気づきました。以下のような事態を仮定してみましょう。

ローラシアがゴンドワナにいきなり通常の核攻撃を仕掛けたとします（核兵器はいまや、たしかに通常兵器としか言えません）。フルパワーの攻撃が電光石火のスピードでおこなわれ、ゴンドワナ帝国の統治機構を中心に国全体を破壊した場合、ゴンドワナは反応する間もなく、いまと同じような麻痺状態に陥るでしょう。そうなると、〈海神〉を起爆することはできません。仮に核攻撃と同時に、〈海神〉に対する強力な電波妨害など、信号を遮断するなんらかの作戦を実施したら、ゴンドワナからの起爆信号は海神号の球体容器に届かず、先制攻撃が成功する可能性はより大きくなります。

つまり、敵側からの先制攻撃に対して、どちらも打つ手がないのです。この状態を避けるため、二つの恐竜大国は、ほぼ同時に、〈海神〉と〈明月〉に新しいスタンバイ方法を採用しました。それがカウントダウン・サイクルです。それ以降、リモート・ステーションは反物質保存容器の起爆信号を送信するのではなく、起爆解除信号を送信することになりました。球体容器はいかなるときもつねに、起爆に向けたカウントダウンをつづけています。本国のリモート・ステーションから解除信号を受信すると、タイマーがリセットされ、また最初からカウントダウンをはじめ、次の解除信号を待つことになります。解除信号はそれぞれ、ゴンドワナ帝国皇帝とローラシア共和国総統がみずから送信します。そうすることで、一方が先に攻撃を受けてトップが機能麻痺に陥れば、解除信号を送信できず、球体容器のカウントダウンはゼロに達して爆発し、反物質が対消滅を起こすことになります。このスタンバイ方法により、先制攻撃は自殺行為となりました。敵の生存がみずからの生存の必要条件なのです。同時に、地球が直面する危険はひとつ上のレベルに上がりました。カウントダウン・サイクルは、この究極の相互確証破壊による抑止状態のもっとも常軌を逸した——あるいは、執政官のお言葉を借りると、もっとも異常な——部分です」

蟻連邦はふたたび静まり返った。カチカが最初に静寂を破ったが、そのにおい言語にはわずかに乱れがあった。

「つまり、〈海神〉と〈明月〉はいまも次の解除信号を待っていると？」

ジョーヤ博士は触角でうなずいた。

「その信号は、もしかしたら永遠に送信されないかもしれませんが」

「すなわち、ゴンドワナとローラシアのリモート・ステーションはわれわれの雷粒ですでに破壊されたということですか？」ローリエがたずねた。

「そうです。ダダス帝が、ゴンドワナのリモート・ステーションと、彼らが偵察したローラシアのリモート・ステーションの位置を教えてくれました。こちらに戻ってから断線作戦のデータを調べたところ、二箇所とも、ごく小さな無線送信ステーションで、用途不明のため、通信設備にだけ小さな雷粒が仕掛けられていました。ゴンドワナのステーションには三十五個、ローラシアのステーションには二十六個。合わせて六十一本の導線が切断されました。数は多くありませんが、二つのステーションの送信設備が機能しなくなるにはじゅうぶんでした」

「カウントダウンの時間は？」

「六十六時間。三日ですね。ローラシアとゴンドワナのカウントダウンはほぼ同時にはじまります。通常、解除信号はカウントダウン開始から二十二時間後に送信されますが、今回のカウントダウンはすでに開始から二十時間が経過しています。あと二日しかありません」

「カウントダウンはなぜそんなに長い？」カチカがたずねた。「一時間か二時間にするほうが理にかなっているだろう。現状のままなら、もし相手がタイマーをリセットした直後に攻撃を仕掛けた場合、相手の反物質容器を奪取して宇宙に打ち上げるまでに三日近い時間の余裕がある」

「二つの反物質格納容器は、どちらもそれを搭載している船と密接に結びついています」ジョーヤが答えた。「容器を船から引き離すような試みがあれば、たちまち磁場は停止し、反物質が爆発する結果になるでしょう。もしかしたら、じゅうぶん長い時間をかければ、容器を安全に船から運び出して、宇宙に射出できるかもしれませんが、三日では足りません。

なぜこんなに長いカウントダウンをつづけているか、ダダス帝みずから、わたしに説明してくれました。たしかに恐竜は常軌を逸した考えかたをする生きものですが、この件に関してはしかたなく慎重に検討しているようです。敵国の攻撃以外にも、なにか不測の事態が起きて、解除信号を送信できなくなるかもしれない。もしそうなった場合、カウントダウンの時間が長ければ、そういう予想外の出来事に対処する余裕があります。実際、そうした出来事の中で、恐竜が真っ先に考えたのが、蟻による破壊の可能性でした。彼らの心配は的中したわけです」

「もし解除信号の中身がわかれば、こちらで送信設備を設置して、〈海神〉と〈明月〉のカウントダウンを解除しつづけられる」とローリエ元帥が言った。

「問題は、われわれが解除信号を知らないことです」ジョーヤが言った。「いまとなっては知りようもない！　恐竜は信号の中身を教えようとしませんでした。教えてくれたのは、それがきわめて長く複雑なパスワードで、送信のたびに毎回更新され、そのアルゴリズムはリモート・ステーションのコンピュータにしか保存されていないということだけでした。もはや、それを知る恐竜は一頭も生きていないでしょう」

「つまり、解除信号を送信できるのはその二つのリモート・ステーションだけということか」

「そういうことだと思います」

カチカはすばやく思考を巡らせた。

「われわれにできるのは、ただちにそのリモート・ステーションのコンピュータを復旧させることだけだ」

17 リモート・ステーション戦役

ゴンドワナ帝国側の解除シグナル送信用リモート・ステーションは、巨石市の郊外に広がる荒涼たる砂漠にあった。気象観測所のように目立たない小さな建物の屋上に、複雑な構造を持つアンテナが設置されている。ステーションの警備はゆるく、恐竜の一小隊が守っているだけだった。その目的も、偶然通りかかった自国の恐竜がうっかり中に入り込んでしまうのを防ぐためであり、敵国のスパイや破壊分子に対する防備はまったく存在しない。なぜなら、ローラシア共和国のほうがゴンドワナ帝国以上にこの場所の安全を望んでいるからである。実際、ローラシアはゴンドワナに対し、リモート・ステーションの警備が手薄すぎると何度も抗議していた。

警備の兵士をべつにすると、ステーションの通常業務をおこなう恐竜は、エンジニア一頭、操作員三頭、メンテナンス係一頭の合計五頭しかいなかった。警備兵と同じように、彼らもこのステーションの存在理由についてはなにも知らなかった。

ステーションの管制室には大きなディスプレイがあり、そこに六十六時間からはじまるカウントダウンの数字が表示されている。いままで、残り時間を示すこの数字が四十四時間を切ったことは一度もない。毎日その時刻（早朝だった）になると、もうひとつのディスプレイにダダス皇帝の映像が現れ、短いひとことを伝える。

「命令する。解除信号を送れ」

当直の操作員はすぐに姿勢を正し、「承知しました、陛下！」と答えると、コンソールのマウスを動かし、ディスプレイの送信アイコンをクリックする。すると、ディスプレイにテキストが映し出される。

解除信号が送信されました
解除成功の返信を受信しました
カウントダウンはリセットされます

ディスプレイにはまた新たに66：00の数字が現れ、ふたたびカウントダウンがはじまる。

もうひとつのディスプレイから、皇帝は毎朝その一部始終を緊張した面持ちで見つめ、カウントダウンがリセットされたことを確認してから、ようやくほっとした表情でその場を離れる。

　二年間にわたって、このやりとりは毎日、判で捺したように正確にくりかえされてきた。宮殿にいようと、視察旅行の最中であろうと、ローラシアを訪問しているときでさえ、皇帝は一日も欠かすことなく、毎朝この時刻にリモート・ステーションに電話してきた。しかし、リモート・ステーションで働く恐竜たちには、いくら考えてもわからなかった。毎日シグナルを送信したいならだれかにそう命令すればいいだけなのに、皇帝はなぜ毎回みずから命令するのだろう？（操作員は、皇帝の指令がなければ絶対にシグナルを送信してはならないと言われていた）自動送信装置があれば、操作員すら必要ない。六十六時間のカウントダウンも不思議だ。もし最後までカウントされたら、いったいどうなるのだろう？　唯一確実なのは、これがきわめて重要な意味を持っていることだ。皇帝がシグナルの送信を見つめる目つきからわかる。しかし、毎日この信号が地球の死刑を先送りにしているとは、彼らには知る由もなかった。

　しかしその日、いつもと変わらない静かな日常が中断された。送信装置が故障したのである。リモート・ステーションに配備されているのは高い信頼性を誇る設備であり、なおかつ万一のための予備も用意されていたが、そのバックアップ・システムも含めてすべての機器が故障し、機能を停止した。明らかに自然の故障ではなく、偶然が重なった結果でもなかった。エンジニアとメンテナンス係はすぐに故障箇所を調べ、導線が何本か切断されていることに気づいた。蟻でなければ修復できない場所だったため、上司に連絡して蟻の派遣を頼もうとしたが、そこでようやく電話が通じないことに気がついた。ひきつづき点検したところ、断線箇所はもっと多いことが判明した。しかし、このときにはもう、皇帝が送信を命令してくる時間が迫っていた。しかたなく自分たちで導線をつなごうとしたが、彼らの太い前肢では細いワイヤをつなぐのはむずかしい。五頭の恐竜は焦燥感にかられた。電話はあいかわらず通じないが、通信はすぐに復旧するだろう。カウントダウンが四十四時間になる前に、皇帝はかならずディスプレイに現れる。彼らはかたくそう信じていた。この二年間、恐竜たちの意識の中では、皇帝の送信命令は日の出と同じように絶対のルーティンだったのである。しかしけさ、太陽は昇ったが、皇帝は現れなかった。カウントダウンの数字がはじめて四十四時間を切り、残り時間は同じ速度で着々と減りつづけていた。

やがて、リモート・ステーションの恐竜たちは、蟻の助けが望めないことを知った。巨石市からあわてふためいて逃げ出してきた恐竜たちが近くを通りかかり、彼らの口から首都の状況を聞くことができた。蟻が雷粒で恐竜帝国のすべての機械を破壊し、恐竜世界は麻痺状態に陥っているという。送信設備を破壊したのは蟻たちだったのである。

それでも、ステーションで働く恐竜たちは責任感が強く、ひきつづき、切断された導線をなんとかつなごうと試みたが、無理な相談だった。断線箇所のほとんどは恐竜の太い前肢が入らないせまい空間の中だったし、外に出ている導線も、彼らの不器用な指ではとてもつなぐことができなかった。

「ちっ、蟻のクソ野郎め！」恐竜のエンジニアは疲れた目をマッサージしながら罵《ののし》った。

そのとき、技師ははっと目を見開いた。ほんとうに蟻がいる！　百匹近い蟻の隊列がコンソールの白い台の上を急ぎ足で行進している。隊を率いる蟻が恐竜に向かって叫んだ。

「おい、修理に来たぞ！　線をつなぎに来たんだ！　線を……」

恐竜はにおい言語の翻訳機を起動していなかったので、蟻の声が聞こえなかった。しかし、聞こえたとしても信用しなかっただろう。彼らの心は蟻への憎しみに支配されていた。

恐竜は歯噛みしながら、コンソールの蟻の群れを前肢で叩いたり押しつぶしたりした。

「雷粒なんか仕掛けやがって！　機械を壊しやがって……」

白い台にはすぐに小さな染みができた。それは潰《つぶ》された蟻の死骸《しがい》だった。

＊＊＊

「執政官、報告します。リモート・ステーションの恐竜が修繕部隊を攻撃し、部隊はコンソールの上で全滅しました！」

ステーションから五十メートル離れた小さな雑草の陰で、ステーションから逃げのびた蟻がカチカ最高執政官に無線で報告した。その場には、蟻連邦最高司令部のほとんどのメンバーが同席していた。

「もっと大規模な修繕部隊を派遣しなさい！」とカチカは命じた。

＊＊＊

「うわ、蟻だ！」

リモート・ステーション前の石段の上で見張りに立っていた歩哨が叫んだ。その声で数名の恐竜兵士と責任者の少尉が出てきた。彼らは一面の蟻の群れが石段を昇ってこようとしているのを見た。四、五千匹はいる。石段をゆっくり滑る黒いじゅうたんのようだった。たくさんの蟻が群れから出てくると、恐竜に向かって触角を振った。なにか叫んでいるようだ。

「箒を持って来い！」

恐竜の少尉が叫ぶと、すぐに兵士が大きな箒を持ってきた。少尉はそれを掴み、勢いよく数回掃くと、黒い埃のように蟻の群れが石段から払い落とされた。蟻はふわふわと舞う埃と一緒に掃かれて散り散りになった。

＊＊＊

「最高執政官、ステーションの恐竜と連絡をとる必要があります。こちらの真意を説明しなくては！」ジョーヤ博士が言った。

「どうすればいい？　向こうにはわたしたちの声が聞こえない。翻訳機を起動しようともしない！」

「電話はどうですか？」だれかが提案した。

「とっくに試した。恐竜の通信システムはすべて破壊され、蟻連邦との電話機も遮断されている。電話は通じない！」

「みなさん、古代の蟻の通信技術をご存じでしょう」ローリエ元帥が言った。「蒸気機関が発明されるまでの長い年月、われわれの先祖は隊列を組んで文字をつくり、恐竜と会話していました」

　カチカがため息をついた。

「そんな昔話を持ち出してなんになる？　すでに失われた技術だ」

「いいえ、わたしが率いる部隊は文字をつくることができます。兵士が先祖の栄光を忘れないように、そして蟻世界の精神を体験するために訓練をつづけていました。今年の閲兵式でみなさんを驚かせるつもりでしたが、どうやら実戦で使う時が来たようです」

「ここにはいくつの部隊が集結している？」

「陸軍が十個師団。兵力は約十五万です」

「その数でいくつ文字がつくれる？」

「大きさによります。恐竜がある程度離れた場所から読むことを考えると、多くても十数文字でしょうか」

「わかった」カチカは考えた。「文字はこうしろ。『世界を救う機械を修理するために来た』」

「それではなにも伝わりません」ジョーヤがくどくど言った。

「しかたない。これでも十七文字だ！　試してみよう、ただ待っているよりましだ」

＊＊＊

「また蟻が来たぞ！　ずいぶん多いな」

ステーションの門の前で、恐竜の兵士は方陣を組んで近づいてくる蟻たちを見た。方陣は三、四メートル四方の大きさで、地面も凹凸に沿って起伏し、まるで黒い旗が波打っているように見えた。

「攻めてきたのか？」

「そうは見えない。おかしな隊形だ」

蟻の方陣がじょじょに近づいてくると、目ざとい恐竜が驚いたように叫んだ。

「おい、文字になってるぞ！」

べつの恐竜が一文字ずつ読み上げた。

「世、界、を、救、う、機、械、を、修、理、す、る、た、め、に、来、た」

「古代の蟻はこうやって先祖と話をしたらしい。はじめて見た」ある恐竜が感嘆の声をあげた。

「莫迦者！」少尉が鉤爪を振って怒鳴りつけた。「あいつらの罠《わな》にはまるな。おい、給湯器の熱湯をありったけ、たらいに入れて持ってこい」

ひとりの軍曹が慎重な口ぶりで言った。

「少尉、彼らと話をしに行ったほうがいいのではないでしょうか。もしかしたらほんとうに機器の修理に来たのかもしれません。中のエンジニアも蟻の技術者の助けが必要だと言っています」

恐竜の兵士は口々に議論をはじめた。

「妙なことを言ってるな。この機械がどうやって世界を救うんだ？」

「だいたい、世界って、だれの世界だ？　おれたちのか？　それともあいつらのか？」

「うちの機械が送信するシグナルは重要なんだな」

「そりゃそうさ、皇帝陛下が毎日みずから命令してるんだぞ」

「愚か者ども！」少尉が一喝した。「この期に及んでまだ蟻を信じているのか？　うかつに蟻を信用したばかりに帝国は破滅したのだ！　あいつらは地球でもっとも卑劣で陰険な虫けらどもだ。二度とだまされんぞ！　早く熱湯をかけろ！」

恐竜の兵士たちがすぐにバケツ五杯分の熱湯を運んできた。五頭の兵士がそれぞれひとつずつ持ち、一列になって蟻の方陣に向かって進むと、蟻に向かっていっせいに熱湯を流した。もうもうと湯気が立ち込めるなか、煮えくりかえった熱湯のしぶきが飛び散り、地面の黒い文字は流され、大部分の蟻が熱傷で死んだ。

＊＊＊

「恐竜とのコミュニケーションは不可能だ。残された唯一の選択肢は、リモート・ステーションを攻撃することしかない。ステーションを占拠し、機器を修理して、われわれで解除シグナルを送信する」カチカが遠くに立ち昇る湯気を見ながら言った。

「恐竜の建物を蟻が攻撃すると？」ローリエは見知らぬ相手を見るような目で彼女を見た。

「常軌を逸した作戦です！」

「しかたない。もともと常軌を逸した状況だ。問題の建物は、たいして規模が大きくないうえ、孤立している。向こうもすぐには増援が来ないだろう。わがほうが最大限の力を結集すれば、攻め落とせるかもしれない！」

＊＊＊

「ありゃなんだ？　蟻のスーパー歩行車みたいだぞ！」

歩哨《ほしょう》の叫ぶ声を聞いて恐竜の少尉が望遠鏡を手にとると、彼方の荒野を黒いものが長い隊列を組んで移動しているのが見えた。目を凝らすと、たしかに歩哨が言うとおりだった。蟻の一般的な乗りものはきわめて小さいが、軍事方面の特殊な必要を満たすため、彼らの体にくらべるとおそろしく巨大な軍用車両が建造されている。それがスーパー歩行車だ。車体のサイズはわたしたちの自転車くらいだが、蟻の目からみれば、わたしたちの一万トン級の貨物船に匹敵する巨大な乗りものだった。スーパー歩行車にはタイヤがなく、蟻を真似たような六本の機械の脚で歩くため、複雑な地形でも迅速に移動することができ、一台に数十万匹の蟻を乗せられる。

「撃て！　あの車を撃て！」

恐竜の少尉が命令した。恐竜の兵士は唯一持っていた軽機関銃を彼方《かなた》の歩行車めがけて発砲した。銃弾が一列になって砂地に着地し、砂塵の柱をつくった。最前列を行く車の脚が一本折れ、スーパー歩行車はたちまちバランスを崩して横転したが、残りの五本の脚はなおも動きつづけている。荷台の横のドアが開き、中からサッカーボールほどの大きさの黒い球がたくさん飛び出していた。それらのボールは、すべて蟻でできていた。黒い球は地面を転がると、コーヒーに溶ける角砂糖のようにすぐに崩れた。さらに二台の歩行車に弾が命中し、動かなくなった。荷台を貫いた弾丸は多くの蟻を殺すことはできず、黒い蟻のボールが次々と地面に転がってくる。

「くそ、カノン砲があれば！」恐竜の兵士が言った。

「そうだな、手榴弾《しゅりゅうだん》でもいい」

「火炎放射器が一番だ！」

「もういい、無駄口を叩くな。歩行車が何台あるか数えろ！」少尉は望遠鏡を覗くと、前方を指さして言った。

「おい、二、三百台はあるぞ！」

「ゴンドワナ大陸じゅうのスーパー歩行車がぜんぶ集結したみたいだ」

「つまり、一億以上の蟻が集まったってことか！」少尉は言った。「蟻はリモート・ステーションを奪取するつもりに違いない！」

「少尉、突撃してあの虫けらの車をぶっ壊しましょう！」

「だめだ。機関銃とライフルではたいして殺傷力がない」

「発電用のガソリンがある。突撃して焼いちまいましょう！」

少尉は冷静に首を振った。

「それでは一部しか焼くことができない。われわれの任務はステーションを守ることだ。いいか、よく聞け……」

＊＊＊

「執政官、元帥、ご報告します。空軍の偵察によりますと、前線の恐竜たちは塹壕《ざんごう》を掘っている模様です。ステーションを中心に同心円状に二つの塹壕を掘り、外側の塹壕には近くの小川から引いた水を流し、内側の塹壕にはガソリンタンクをいくつも運んで中身を流し込んでいるとのことです！」

「ただちに進撃せよ！」

＊＊＊

蟻の群れはステーションに向かって移動しはじめた。まるで大地に落ちた雲の影のように、黒いじゅうたんがあたりを覆い、ステーションの恐竜たちはその光景に恐怖した。

蟻の部隊の先鋒《せんぽう》は水が張られた最初の塹壕までたどりついた。最前列の蟻は止まることなく、そのまま水に入っていった。後続の蟻は水中の蟻の体を踏みつけて、もうすこし先まで前進する。こうしてたちまち水面に黒い膜が張り、その膜は水濠《すいごう》の対岸へと急速に広がっていった。恐竜の兵士たちは蟻が体内に入らないように密閉型のヘルメットをつけ、水濠の対岸から鍬で蟻に向かって土を撒《ま》いたり熱湯をかけたりして攻撃したが、あまり効果はなかった。黒い膜はすぐに水面を覆いつくし、その膜を渡って蟻たちが黒い洪水のように押し寄せてきた。恐竜たちはしかたなく外側の塹壕を放棄して内側の塹壕の中まで撤退し、塹壕のガソリンに火を点《つ》けた。激しい炎の輪がステーションをとり囲んだ。

蟻の群れは燃え盛る塹壕にたどりつくと、その手前で次々と積み重なり、蟻の堰堤《えんてい》をつくりはじめた。恐竜は蟻に向かって銃を打ち、銃弾は蟻の山に命中したが、黒い砂山を相手にしているようなもので、音さえしなかった。蟻に向かって石を投げると、蟻の堰堤に命中した石が、ズンというくぐもった音とともに穴をひとつ開けるものの、その隙間はすぐに埋まってしまう。堰堤はどんどん大きくなって高さ二メートルにも達し、塹壕の外に黒い壁が築かれたように見えた。

次に、蟻の堰堤が燃え盛る塹壕に向かって移動しはじめた。その表面が炎の中で巨大な黒い蛇のようにのたうつ。業火に焼かれて蟻の堰堤から青い煙が上がり、鼻を刺す焦げ臭いにおいがあたりに充満した。焼け焦げた蟻が堰堤の表面からぼろぼろと剝がれ、塹壕に落ちて焼かれ、塹壕の縁から奇妙な緑の炎が上がった。しかし、堰堤のそばに立ちつづけている。

そのとき、大量の蟻が後方から堰堤のてっぺんに登ってきて、次々に黒い蟻の球をつくりはじめた。一個師団の兵力が球ひとつを形成している。一時間前に、スーパー歩行車から転がり出たボールと同じくらいのサイズだった。黒い蟻のボールは堤のてっぺんから塹壕に向かって次々に転がり落ちた。いくつかは炎に呑み込まれたが、大部分は転がる勢いで塹壕を飛び越え、向こう側にたどりついた。炎の上を飛び越えるときに表面が火に焙《あぶ》られるが、無数の蟻たちはたがいの体をきつく摑んで放さず、蟻の球はたちまち千を数えた。焦げた外殻が割れると、球は次々に崩れて蟻の群れとなり、ステーションの階段を覆いつくした。

ステーションを守備していた恐竜の兵士たちは完全にパニックに陥り、少尉が止めるのも聞かず、我先にと建物から飛び出すと、裏手にまわって、ステーションを包囲しつつある蟻の群れに唯一まだふさがれていない小道を脱兎《だっと》のごとく走り去った。

蟻の群れはステーションの一階に押し寄せ、階段をよじのぼって管制室に入った。同時に建物の外壁からも蟻が雪崩《なだ》れ込み、窓を伝って内部に侵入した。その数は、いっとき、建物の下半分が真っ黒になったほどだった。

リモート・ステーションの管制室に残っている恐竜は、少尉とエンジニアとメンテナンス係、それに操作員三頭を合わせた六頭だけだった。彼らは、蟻の群れがドアや窓などあらゆる隙間から部屋に押し寄せてくるのを恐怖の目で見つめていた。まるで建物全体が蟻の海に沈み、黒い海水が隙間から浸《し》み出してきたかのようだった。窓の外を見ると、蟻の海はほんとうに実在していた。目路のかぎり、大地のすべてが黒い蟻に覆われている。ステーションは蟻の海に浮かぶ孤島だった。

　蟻はあっという間に管制室の床の大部分を埋めつくした。残されているのは、コンソールの前の小さなまるいエリアだけ。六頭の恐竜はそのエリアに追いつめられていた。エンジニアが急いで翻訳機をとりだし、電源を入れると、すぐに声が聞こえた。

「わたしは蟻連邦の最高執政官である。くわしい事情を説明している時間はない。ひとつ言えるのは、もし十分以内にここからシグナルを送信しなければ、地球が滅亡するということだ」

　エンジニアがまわりを見渡すと、一面が黒い蟻だった。翻訳機が示す方向を見ると、コンソールの上に三匹の蟻がいた。いま話したのはそのうちの一匹だ。エンジニアはその三匹の蟻に向かって首を振った。

「送信装置は故障している」

「われわれのエンジニアがすでに断線を修復した。機械は機能している。すぐに起動して、送信してくれ！」

エンジニアはふたたび首を振った。

「電力がない」

「予備の発電機があるだろう?」

「ある。外部電力が切断されてから、ずっとガソリンの発電機で電気を供給していた。しかし、そのガソリンがなくなった。すべて外の塹壕に流して燃やしてしまった」

「まったくないのか?!」

少尉が話をつないだ。

「一滴もない。兵士はステーションを守ることしか考えていなかったから、発電機のタンクのガソリンもぜんぶ燃やしてしまった」

「それなら外に出て、残っているガソリンを塹壕からとってこい!」

少尉が窓の外に目を向けると、塹壕の火は消えようとしていた。彼はコンソール下の棚を開け、小さな鉄の桶を持った。蟻の群れがドアへの道をあけると、ドアまで行き、立ち止まって、振り返った。

「世界はほんとうに十分後に滅亡するのか?」

翻訳機がカチカの返事を伝えた。

「信号を送信しなかったら、そうなる」

少尉は向きを変えて階段を降り、しばらくすると戻ってきて、鉄の桶を床に置いた。カチカ、ローリエ、そしてジョーヤがコンソールの縁まで行って下を見ると、桶の中にガソリンはなく、ガソリンのにおいがする、焼け焦げた蟻の死体がまざった土が半分入っているだけだった。

「塹壕のガソリンは燃えつきてしまった」恐竜の少尉が言った。

カチカが窓の外を見ると、火はもう消えていた。しかし、少尉の言ったとおり、塹壕にガソリンはほとんど残っていない。最高執政官はふりかえってローリエ元帥にたずねた。

「カウントダウンの残り時間は?」

ローリエはずっと時計を見ていた。

「あと五分三十秒です、執政官」

「いま電話がありました」ジョーヤ博士が言った。「ローラシアのほうは失敗したそうです。リモート・ステーションを警備している恐竜が、蟻の侵攻を防ぐためにステーションを爆破しました。〈明月〉の解除シグナルはもう送信できません。五分後に爆発します」

「〈海神〉もそうなります」ローリエが静かに言った。「執政官、もうおしまいです」

蟻連邦の最高指導者たちがなにを言っているのか、六頭の恐竜には皆目わからなかった。

エンジニアが言った。

「近くでガソリンを探してくればいい。ここから五キロ行くと村がある。急げば二十分で戻ってこられる」

カチカは力なく触角を振って言った。

「万事休すだ。もう行っていい。みんな、どこへでも行きたいところに行くといい」

六頭の恐竜は列になって出ていった。恐竜のエンジニアがドアを出る前に足を止めてふりかえり、少尉と同じ質問をした。

「あと数分で、地球はほんとうに滅亡するのか？」

蟻連邦の最高執政官は、微笑に似た笑みを浮かべた。

「どんなものも、いつかは滅びる」

「ははは。蟻がそんな哲学的なことを言うのをはじめて聞いたよ」恐竜のエンジニアはそう言ってドアから出ていった。

カチカはふたたびコンソールの端に立ち、床一面を覆う蟻の軍隊に向かって言った。

「全軍の兵士にわたしの言葉をただちに伝えてほしい。リモート・ステーション付近の部隊はすぐにこの建物の地下室に退避せよ。遠方にいる部隊はその場で隙間や穴を探して隠れろ。蟻連邦府は最後に市民に伝える。世界の終わりが来た。みな、元気で」

「執政官、元帥、いっしょに地下室に行きましょう！」

ジョーヤ博士は言ったが、カチカはかぶりを振った。

「いや、博士は早く行ってくれ。われわれは文明史上、最大のあやまちを犯した。生き延びる資格はない」

「そうです、博士」ローリエが言った。「むずかしいとは思いますが、博士が文明の火種を守ってくださることを祈ります」

ジョーヤはカチカ執政官、ローリエ元帥と触角を触れ合わせた。蟻の世界の最高儀礼だ。そして向きを変えると、管制室から迅速に退去していく群れに加わった。

蟻の軍隊が撤退し、室内は静かになった。カチカが窓に登ると、ローリエもそれにつづいた。二匹の蟻が窓の前まで来たちょうどそのとき、不思議な光景が現れた。すでに夜が終わり、朝を迎えようとしている時刻で、空には残月が浮かんでいる。するととつぜん、半月の向きが瞬間的に変わり、それと同時に月の明るさが急激に増して、アーク放電のようにまばゆい銀色の光が地上のすべてを――逃げ惑う蟻を含めて――あまさず照らし出した。

「どうしたんでしょう。太陽の光が急に強くなったんでしょうか？」ローリエが不思議そうにたずねた。

「いや、元帥」カチカ最高執政官が答えた。「ふたたび新太陽が現れたんだ。月はその光を反射している。新太陽はローラシアに現れ、あの大陸を焼きつくしている」

「ゴンドワナの太陽もそろそろ現れるころですね」

「これじゃないかな。来たぞ」

さらに強い光が西から射してきて、すべてを呑み込んだ。高熱で気化する直前、二匹の蟻は、強烈に輝く太陽が西の地平線からすばやく昇り、急激に膨張して空の半分を覆い、たちまち大地のすべてが燃え出すのを見た。対消滅が生じた海岸はここから千キロ以上の距離があり、衝撃波が届くまで数十分かかる。しかしその前に、すべてが烈火に焼きつくされ、終わりを迎えていた。

それが白亜紀最後の一日だった。

エピローグ　長い夜

厳冬は三千年つづいた。

すこしだけあたたかいある日の正午、ゴンドワナ大陸の真ん中あたりで、二匹の蟻が深い巣穴から地面に這い出してきた。どんよりした灰色の空には、ただのハレーションのような太陽がぼんやり光っている。大地は厚い氷雪に覆われ、ところどころ雪の中から顔を出した黒い岩が目立つ以外は、見渡すかぎり、遠くの山脈までずっと真っ白だった。

蟻Aはうしろをふりかえって、巨大な骨を眺めた。こういう大きな骨は大地のあちこちに横たわっているが、色が白いので、雪にまぎれて、遠くからではなかなか見分けがつかない。しかし、この角度からだと、空をバックにくっきり見えた。

「恐竜という動物だそうだ」蟻Aが言った。

蟻Bもふりかえって、骨を見上げた。

「きのうの夜、あいつらが話していた驚異の時代の伝説を聞いたか？」

「聞いた。数千年前、蟻にも輝かしい時代があったとか」

「そうだな。あの時代の蟻は地下の洞窟に棲《す》むんじゃなく、地上の大都市で生活していて、女王蟻が産んだ卵から孵《かえ》るわけでもなかったそうだ。ほんとうに不思議な時代だ」

「伝説によると、その驚異の時代は、蟻と恐竜がいっしょになって築き上げたそうだ。恐竜には器用な手がないから、細かい仕事は蟻が担当した。蟻には柔軟な思考力がないが、恐竜は驚くべき技術を思いつく」

「謎に満ちた時代だな。蟻と恐竜は大きな機械をたくさんつくり、たくさんの都市を建設し、神のような力を持っていたらしい」

「世界の破滅に関する伝説の意味はわかったか？」

「よくわからなかった。すごく複雑みたいだな。恐竜の世界で戦争が起き、蟻と恐竜のあいだでも戦争が起きた……その次に、地球に新しい太陽が二つ現れた」

「まったく、いま新しい太陽があったらどんなにいいか！」蟻Aが寒風にふるえながら言った。

「おまえにはわからないんだ！　二つの太陽はほんとうにおそろしい。陸地のすべてを焼きつくすんだぞ！」

「じゃあ、どうしてこんなに寒い？」

「複雑な仕組みだ。だいたいこういうことらしい。新しい二つの太陽が現れてからしばらくのあいだ、世界はたしかにとても暑く、太陽の近くにあった大地はマグマになった。そして太陽で蒸発した海水が雨になり、大雨が百年以上つづき、大地はあちこちで洪水が起きた。その後、太陽が爆発したときに舞い上がった塵が空を覆い、古い太陽の光を遮ってしまった。それで世界は冷え込んで、二つの太陽が現れる前よりも寒くなった。いまはその状態だ。恐竜はあんなに大きいが、恐怖の時代に死に絶えてしまった。しかし、一部の蟻は地下に潜って生き延びた」

「蟻はまた驚異の時代を築けるだろうか？」

「不可能だそうだ。おれたちの脳は小さすぎる。みんないっしょになってやっと思考ができる。高度な技術は生み出せない。いにしえの技術も忘れてしまったんだ」

「そうだな、ちょっと前まで蟻は字が読めたそうだが、いま、おれたちはだれも字が読めない。古代から伝わってきた本も、だれも読まなくなった」

「われわれは退化している。このまま行けば、蟻はもうすぐ、穴を掘って食料を求めるだけの、なにも知らない、ただの小さな虫けらになるだろう」

「それが悪いのか？　こんなにきびしい時代には、なにも知らないほうが気楽だろう」

「それもそうだな」

「いつか世界がまたあたたかくなったら、ほかの動物がまた驚異の時代を築くかな？」

「可能性はある。それはきっと、大きな脳みそがあって、手が器用な動物だろう」

「そうだな。しかし、恐竜のように大きくてはダメだ。恐竜は食べる量が多すぎて、生きるのに苦労する」

「われわれのように小さくてもダメだ。脳みそが足りない」

「ああ。しかし、そんな驚くべき動物が現れるだろうか?」

「現れるさ。時間はかぎりないんだ。どんなことでも起こる可能性がある。どんなことでも」

訳者あとがき

大森 望

劉慈欣の初期長篇『白亜紀往事』をお届けする。

白亜紀末期、恐竜と蟻がたがいに協力し合うことを学び、手に手をとって高度な文明を発達させていたとしたら――という突拍子もない発想のもと、まったく異なる二つの種属の、一万年以上にわたる長い関係が描かれる。

恐竜も蟻も、著者にとってはひときわ愛着のある生きものであるらしく、他の劉慈欣作品の中でもくりかえし描かれている。短篇「呑食者」と「詩雲」には恐竜の末裔のような異星種属が登場するし（「呑食者」には蟻も出てくる）、『三体Ⅱ　黒暗森林』は一匹の蟻から始まる。それだけでなく、本書には、地球文明と異星文明の関係を描く後年の《三体》三部作の萌芽が随所に見てとれる。

巨大な脳を持ちながら恐竜が文明を発達させられなかったのは手先が不器用だったため

であり、一方、蟻の側には、文明を飛躍させるために必要な想像力と創造性が欠けていた。両者が力を合わせることでそれぞれの欠点を埋め合わせ、ついにすばらしく高度な白亜紀文明が花開く。このありえないアイデアを、劉慈欣の筆はなんとも楽しげに、ありありと描き出し、ついでに恐竜滅亡の謎まで解き明かしてしまう。

白亜紀の恐竜がじつは言葉をしゃべり、高度な文明を有していた――という設定は、本書以前のSFでもしばしば描かれてきた。長篇で有名な例をひとつ挙げるとすれば、カナダのSF作家、ロバート・J・ソウヤーの『さよならダイノサウルス』（*End of an Era*, 1994／内田昌之訳、ハヤカワ文庫SF）だろう。恐竜絶滅の謎を探るため、二人の古生物学者がタイムマシンで六千五百万年前の世界に赴くと、そこには言葉をしゃべる恐竜がいた……。同書では、恐竜の脳内に寄生するゼリー状の生物が文明化の鍵を握るが、『白亜紀往事』では、蟻がその役割を果たし、小説はまったく違うルートをたどる。

物語の始まりは、いまから六千五百万年ほど前のある平凡な一日。一頭のティラノサウルス・レックスの歯にはさまった肉片をたまたま蟻たちが掃除してやったことから、二つの種属の相利共生が始まり、白亜紀末期の歴史は、わたしたちが知る歴史から決定的に分岐する。イソップ物語さながらの動物寓話的な導入から、文明の進歩にともない、恐竜と蟻の物語は、人類史の皮肉なパロディのような展開をたどりはじめる……。

もともと本書は、二〇〇四年六月に《当恐龙遇上蚂蚁》（恐竜と蟻が出会うとき）のタイトルで北京少年児童出版社から刊行されたのち、中国のSF専門誌《科幻世界》の二〇〇四年九月号〜十一月号に《白垩纪往事》のタイトルで三号連続掲載された（原稿が完成したのは二〇〇三年四月なので、執筆順で見ても、『球状閃電』の第二稿より前になる）。

ごらんのとおり、長篇と呼ぶにはいささか分量が少ないためか、本国では、少年少女向けの体裁だった初刊本（世界之谜少年奇幻小说［世界ミステリー少年ファンタジー］のキャッチコピーがついている）を別にすると、一般向けの書籍としては、単独では刊行されていない。現行版は、本篇とほぼ同じくらいの分量の、劉慈欣にとって初めての著書となる未訳のジュブナイルSF『悪魔の積み木』（原題《魔鬼积木》、福建少年児童出版社、二〇〇二年九月初刊）とカップリングした《魔鬼积木・白垩纪往事》として、二〇〇八年に長江文芸出版社から刊行されている。

また、本書には、前半をばっさりカットして、全体の分量を四分の一強（邦訳単行本で六十ページ）にまで圧縮した短篇版が存在する。詳細はよくわからないが、短篇集（おそらく、二〇一六年に中国工人出版社から出た《信使》）に収録される際に著者がアブリッジしたものらしい。こちらの日本語版は、本書と同じ大森望・古市雅子訳でKADOKAWAから刊行された劉慈欣短篇集『老神介護』に収められている（二〇二四年一月に角川文庫から刊行予定）。本書で言うと、第9章の「ストライキ」以降の物語は、かなりの部分が短篇版にもそのまま生かされている。両者の原文が共通する部分に関しては、この長篇版でも、短篇版の訳文を下敷きにさせていただいたことをお断りしておく。ちなみに英語版も短篇版のほうが先に出て（ホルガー・ナーム訳、二〇一二年）、北京で出版された英訳短篇集 *The Wandering Earth* に収められたが、その後、長篇版の英訳（エリザベス・ハンロン訳）が単独の書籍として刊行されたためか、短篇版は現行のトー・ブックス版 *The Wandering Earth* からは割愛されている。

本書の後半で描かれる恐竜文明と蟻文明の対立は、米ソの冷戦時代に育った著者自身の経験が投影されているようにも見えるが、遠い過去の亡霊だったはずの核ミサイルの恐怖がふたたび現実の問題としてクローズアップされているいま、『白亜紀往事』の寓話にも、執筆当時とは違った角度から光が当たるかもしれない。

さて、劉慈欣《三体》三部作を起爆剤に大きく世界に羽ばたいた中国SFは、ますます発展をつづけている。二〇二三年十月には、その劉慈欣やカナダのロバート・J・ソウヤーをゲスト・オブ・オナーに迎えて、四川省の成都で世界SF大会が開催された。メイン会場は、ザハ・ハディド事務所が設計した成都SF館。ワールドコンに合わせて建設された巨大施設だが、竣工が遅れたためにワールドコンの開催が予定より一カ月以上延びるひと幕も。ザハ・ハディドと言えば、新国立競技場のコンペでザハ案が選ばれながら、その後白紙撤回されたことが記憶に新しいが、その未来的というかSF的なビジョンは、星雲をかたどったという成都SF館にも受け継がれている。日本のSFファンとしてはなんとなく複雑な思いですが、この大会が、中国SFのさらなる飛躍のジャンピングボードとなるのかどうか、楽しみに待ちたい。

（編集部注――徐琼副教授と巴玺维教授に、訳文と中国語原文の照らし合わせチェックをしていただきました）

■劉慈欣邦訳書リスト（原書刊行順。括弧内は原題と原書刊行年）

『超新星紀元』（超新星纪元／二〇〇三年一月）大森望、光吉さくら、ワン・チャイ訳／早川書房二〇二三年七月刊

『白亜紀往事』（当恐龙遇上蚂蚁／二〇〇四年六月［別題「白垩纪往事」］）大森望、古市雅子訳／早川書房二〇二三年十一月刊　＊本書

『三体0《ゼロ》　球状閃電《きゅうじょうせんでん》』（球状闪电／二〇〇五年六月）大森望、光吉さくら、ワン・チャイ訳／早川書房二〇二二年十二月刊

『三体』（三体／二〇〇八年一月）大森望、光吉さくら、ワン・チャイ訳／立原透耶監修　早川書房二〇一九年七月刊

『三体Ⅱ　黒暗森林』上下（三体Ⅱ：黑暗森林／二〇〇八年五月）大森望、立原透耶、上原かおり、泊功訳／早川書房二〇二〇年六月刊

『**三体Ⅲ　死神永生《ししんえいせい》**』上下（三体Ⅲ：死神永生／二〇一〇年十月）大森望、光吉さくら、ワン・チャイ、泊功訳／早川書房二〇二一年五月刊
『**火守《ひもり》**』（焼火工／二〇一六年六月）池澤春菜訳／KADOKAWA二〇二一年十二月刊
（絵：西村ツチカ）＊絵本
『**円　劉慈欣短篇集**』大森望、泊功、齊藤正高訳／早川書房二〇二一年十一月刊→ハヤカワ文庫SF二〇二三年三月刊　＊日本オリジナル短篇集
（収録作：鯨歌／地火／郷村教師／繊維／メッセンジャー／カオスの蝶／詩雲／栄光と夢／円円のシャボン玉／二〇一八年四月一日／月の光／人生／円）
『**流浪地球**』大森望、古市雅子訳／KADOKAWA二〇二二年九月刊→角川文庫二〇二四年一月刊行予定　＊日本オリジナル短篇集
（収録作：流浪地球／ミクロ紀元／呑食者／呪い5・0／中国太陽／山）
『**老神介護**』大森望、古市雅子訳／KADOKAWA二〇二二年九月刊→角川文庫二〇二四年一月刊行予定　＊日本オリジナル短篇集
（収録作：老神介護／扶養人類／白亜紀往事［短篇版］／彼女の眼を連れて／地球大砲）

大森《おおもり》 望《のぞみ》 1961年生，京都大学文学部卒　翻訳家・書評家　訳書『息吹』テッド・チャン　著書『21世紀SF1000』（以上早川書房刊）他多数

古市雅子《ふるいちまさこ》 北京大学准教授　訳書『流浪地球』劉慈欣（共訳）　著書『「満映」电影研究』他多数

白亜紀往事《はくあきおうじ》

2023年11月20日　初版印刷
2023年11月25日　初版発行

著　者　劉《りゅう》　慈《じ》 欣《きん》
訳　者　大森《おおもり》　望《のぞみ》　古市雅子《ふるいちまさこ》
発行者　早　川　　浩

発行所　株式会社　早川書房
東京都千代田区神田多町2－2
電話　03-3252-3111
振替　00160-3-47799
https://www.hayakawa-online.co.jp

印刷所　中央精版印刷株式会社
製本所　中央精版印刷株式会社

定価はカバーに表示してあります
ISBN978-4-15-210278-2 C0097
Printed and bound in Japan
乱丁・落丁本は小社制作部宛お送り下さい。
送料小社負担にてお取りかえいたします。